KB066476

당신 앞에 꽃 한 송이 놓습니다

당신 앞에 꽃 한 송이 놓습니다
김인수 호국시집

초판 인쇄 2021년 02월 15일
초판 발행 2021년 02월 22일

지은이 김인수
펴낸이 신현운
펴낸곳 연인M&B
기 획 여인화
디자인 이희정
마케팅 박한동
홍 보 정연순
등 록 2000년 3월 7일 제2-3037호
주 소 05052 서울특별시 광진구 자양로 56(자양동 680-25) 2층
전 화 (02)455-3987 팩스 (02)3437-5975
홈주소 www.yeoninmb.co.kr
이메일 yeonin7@hanmail.net

값 12,000원

당신 앞에 꽃 한 송이 놓습니다

김인수 호국시집

연인M&B

오직
위국헌신 군인본분으로 새긴
37개 성상!

아침마다 군화 끈을 묶으며
다짐하던 한결같은 바람
오롯이 녹여

육십사 편
한 글자 한 글자 속에
뜨거운 사랑을 담아 전합니다.

나라를 위해
꽃 같은 목숨을 바치신
순국선열과 호국영령께

대한민국의 미래를 바꿀
아름다운 세상의 미래를 바꿀
사랑하는 당신께 바칩니다.

'당신 앞에 꽃 한 송이 놓습니다.'

2021년 2월, 푸른 제복을 벗으며
대한민국 육군 준장 인산

차례

제2부 감사

제3부 희망

제4부 **사랑**

제1부

충성

유월에 나는

유월에 나는
무엇이든 어떻게든 단단히 여밀 것이다
마음부터, 옷깃부터 채우고 잠가
부족할 대로 부족한 내 자신을 다듬을 것이다
잊지 않겠다던 마음이 흐려지고
길이 빛내겠다던 다짐도 퇴색해졌기에 우선
비장한 그 역사를 내 안에 살아나게 할 것이다

유월에 나는
그 어디든 그 누군가 죽음으로 지킨 산하를 살필 것이다
그들에게 이 땅은 과연 어떤 존재였으며
왜 아직도 이 땅의 어딘가에 깊이 잠들어 있는지
구석구석 손 안 간데없이 더듬어 볼 것이다
누구는 피로써 뿌려지고 누구는 사지가 흩어진 땅
또 누군 혼으로나마 붙들고 있는 이 땅을 새길 것이다

유월에 나는
그 누구든 잊어서는 안 될 이름들을 기억할 것이다
내가 누리고 있는 모든 것들이 그냥 주어진 게 아니니
누구의 할아버지, 아버지, 아저씨, 삼촌들이 지키고
그것도 모자라 할머니, 어머니, 아줌마도 나섰던
그 비장하고 애처로운 그들의 서사시를 읊을 것이다
차마 다 쏟아 내지 못한 뜨거운 눈물로 풀어낼 것이다

우리의 유월은 늘 오는 열두 개 중 한 달이 아니다
더 이상 빛바랜 역사나 기억, 아픔도 상처도 아니다
이 나라, 이 땅이 스러지지 않는 한 영원히 살아 숨쉬어
우리와 아들 손자 후손이 지켜 갈 자랑이요 영광이다
그래서 유월에 나는
아주 자그마한 마음일망정 늘 깨어 있으므로
높은 그 뜻 호국과 보훈, 희생과 선양을 이을 것이다.

연무역에서

멋진 청년
늠름한 군인들이 간다
푸른 군복에 스며든
강인한 정신 뜨거운 사랑 품고 간다

내 아들들이 간다
대한민국 육군을 향해 나아간다
매사에 거칠 것 없는 당당함과
알알이 스민 자신감 품고 떠나간다

조국의 아들들이 간다
내 할아버지, 아버지의
뜨거운 피와 땀, 눈물이 서려 있는
조국 산하로 거침없이 나아간다

세상을 향해 당당하게 서거라
두 눈은 넓은 세계를 향하거라
가슴에는 뜨거운 정열을 품거라
조국과 부모님을 맘껏 사랑하거라

고통 없이 얻어지는 것은 없고
고난 없이 영광 또한 없음을 기억하라
황산벌에서 당부하고 또 당부한
이 아비의 바람과 소망 모두 가져가라

너희들이 있기에 네 자신이 있고
너희들이 있기에 부모님이 있고
너희들이 있기에 육군이 있고
너희들이 있기에 조국이 있음을 알라

호국간성 이등병 꿈과 희망이 출발하는 곳
대한민국 청년의 진정한 젊음이 시작되는 곳
헤어짐의 슬픔보다 보내는 자랑이 서린 곳
가장 멋지고 아름다운 이별이 펼쳐지는 곳

연무역에서
오늘도 나는
마음 뿌듯한 아비가 된다
이 세상에서 가장 행복한 군인이 된다.

군복

푸르른 빛
엄숙한 기운
보기만 해도 마음이 든든해지는
그런 옷이 있습니다

돈이 많아도 사지 못합니다
아무데서나 구하지도 못합니다
누구나 입을 수는 없습니다
오직 선택된 사람에게만 허락됩니다

개인의 안위보다 나라의 존망을 생각하고
조국을 위해서는 기꺼이 목숨을 던지는
그런 사람만 입을 수 있는
아주 특별한 옷입니다

화려한 쇼윈도에 걸린
번쩍이는 명품도 따라올 수 없는
이 세상에서 가장 가치 있는 옷
바로 그 옷입니다

군복 입은 모습을 자랑으로 여기고
군복 입은 사람을 사랑으로 아껴서
끝없는 헌신을 영예로 만들어 줄 때
군복은 진정 나라를 지키는 옷이 됩니다.

어떤, 군대 가는 날

오늘, 난 병영식당에서 일하는
민간조리원이 되어 군대 간다

남편 따라 군대 구경만 했던 내가
어쩌다 군대에 몸담게 되어서
드디어 군대로 첫 출근하는 날

군대 생활을 하는 남편이 말한다
아들은 어려 아직 군대 걱정 없는데
당신이 군대 간다니 정말 걱정되네

난 군대 가면서 씩씩하게 한마디 한다
내 걱정하지 말고 당신이나 군대 생활 잘하세요

나 설렘 잔뜩, 사랑 가득 품고 군대 간다.

수도군단

수려한 산세 속에 편안한 삶들이 자리잡은 이상향에

도원결의의 굳센 뜻으로 뭉친 충의 용사들이 있으니

군과 조국의 심장을 지키는 강한 힘, 수도군단이여!

단군왕검 이래 이어 온 자랑스러운 역사 길이 빛내거라.

신록

오월의 신록은 군인의 옷이다

우리의 산하를 퍼렇게 물들인
조국의 강토를 파랗게 지켜 온

온통 세상을 덮고 있는 푸름은
매일 내가 입고 있는 제복이다

살아 입고 죽어 덮을 군복이다.

떠나지 않는 것의 의미

바다가 오래 품어 온 홀로된 바위를
새들은 늘 맴돌며 떠나지 않는다
달리 날아갈 곳을 찾지 못해서인가 싶어
날마다 유심히 날갯짓을 살핀다
해가 뜨면 눈부셔 뒤로 돌아 날고
파도가 올 때면 바람 위로 같이 타는
어우러지는 모양으로 난 금세 안다
떠나지 않음은 늘 새롭게 다가가는 일
혹여 보냄을 받을까 노심초사하는 것
하루에도 열두 번씩 오고 떠나는 무심함을
손짓 발짓 바람 일으켜 가며 가르쳐 주는 맘
새는 아슬아슬 바닷속 바위를 날며 전한다
그래도 알지 못하는 어리석은 자들을 향해
그래서일까 이곳에 설 때마다 파도는 쿵쿵거리며
나의 새 같은 가슴을 향해 적군처럼 밀려온다
난 이내 쓰러진다, 애써 고개를 들지도 못한다
쓰러진 자는 그곳을 결코 떠날 수 없기에
정말 그렇게라도 해서 기어이 남아야만 하기에.

칠월 들판

백열 종대 좌우로 나란히
좌우로 정렬 좌우로 정렬
뙤약볕 아래 푸른 군상들
열 지어 선 따라 줄 맞춘다
곧 숙이기만 하면 될 일이다.

유월의 비

유월에 이렇게 비 오는 날이면 늘
빗소리에 섞여 늘 듣던 소리가 있다

빗소리가 그냥 울리는 소리가 아니라
온 세상에 토해 내는 하늘의 울음이듯이
꺼이꺼이 가슴에서 뱉어 내는 통곡이듯이
땅에선 꼭 그 엄마가 그런다, 또 통곡이다

하필이면 그날이 왜 비 내리는 날이었을까
허구한 날들 두고 꼭 비 올 때 가야 했을까
시간을 보내니 안다, 세월이 흐르니 느낀다
지 엄니 혼자 울까 봐, 우는 것도 눈치 볼까 봐
하늘이 울 때마다 목청껏, 맘껏 울라고 그랬나

유월에 그렇게 비 오는 날이면 그이는
비로 오지 않는다, 비 되어 내리지 않는다
여태 온몸으로 견뎌 낸 엄마의 울음으로 온다.

그들의 유월 이야기

그게 그냥
몸 조각에 남은 아픔이라면
바삐 거들지 않아도 될 일
오래 그냥 놔둬도 될 일

그게 정녕
마음에 심기운 회한이라면
비로 씻고 바람에 날려도 될 일

약이라는 세월 먹을 만치 먹어도
영영 돋아나지 않을 살이라면
차라리 다 도려내도 괜찮은 일

어찌된 게
속으로 속으로 스미고 스며
온몸과 맘에 퍼진 영육의 전이

그게 난리였어
아무것도 아닌 게 아니었어
가슴에 떡하니 박힌 대못이었어

그해 유월은
왜 그리 모질기만 했는지
사는 건 왜 그리 어렵고
죽는 게 차라리 쉬웠는지.

유월에 고백함

나는 밤을 좋아하지만
유월의 밤은 좋아하지 않는다
밤만 되면 유독 더 터졌던 포탄들로
눈멀고 귀 먼 채 널브러졌으니
그 밤에 돌아오지 못할 길 갔으니

나는 비를 좋아하지만
유월의 비는 좋아하지 않는다
빗물에 처박히고 흙으로 범벅되어
쏴도 안 나가는 총만 부여잡았으니
그 비에 그리움 채 전하지 못했으니

나는 바람을 좋아하지만
유월의 바람은 좋아하지 않는다
화약 연기 가득했던 산에 뿌려진
전우의 피 냄새 콧속 깊이 배어 있으니
그 바람에 실려 가지 못해 안타까웠으니

나는 유월의 많은 걸 좋아하지 않지만
그래도 유월이 오는 걸 늘 기다린다
기억해야 할 게 유독 많기 때문이다
이어받을 유산 잔뜩 넘치기 때문이다
유월이 남겨 준 혼, 유월과 함께할 숙명….

나라를 지킨다는 건

나라가 무엇입니까?
나라는 어떤 존재입니까?
우리가 태어나서, 자라고
지금 살고 있는 이 나라는
우리에게 대체 무슨 존재입니까?

나라를 왜 지킵니까?
이름 없는 고지에서, 바다에서 또 창공에서
비가 오나 눈이 오나 하루 스물네 시간
꼬박 잠 안 자고, 눈 부릅뜨고
왜 그렇게 지키고 있습니까?

혹시, 또 아십니까?
나라를 지킨다는 게 어떤 겁니까?
무엇을 어떻게 해야 지킬 수 있습니까?
도대체 어떤 행동이어야만
나라를 지킨다고 할 수 있는 겁니까?

우리는 잘 모릅니다
알고 있어도 잊어버립니다
내가 즐겁게 밥 먹는 시각에

내가 흥겹게 술 한잔하는 시간 중에도
이름 없는 산곡에서 나라를 지키는 사람이 있다는 것을

그런데 보았습니다
부지불식간에 콰광 쾅 폭발해 버린 혼돈의 현장
찢기고 잘려 나가 피 솟구치는 다리 부둥켜안고
깨문 입술 사이로 터지는 울음 참으며
군인다운 모습, 수색 용사의 기개를 끝까지 지킨
참으로 자랑스러운 아들들의 모습을

전우는 괜찮니? 소대원들은 무사하니?
그래도 병사들이 무사해서 천만다행이지
아직도 어리기만 한 초급간부, 하사 두 명
치 떨리는 괴뢰의 도발 현장에서 그들은 전했습니다
나라를 지키는 게 어떤 건가를, 전우애가 무엇인가를

우리는 지금, 이 순간에도
그렇게 얼굴도 모르고, 이름도 모르는
누군가의 희생으로 사는 겁니다
충성, 애국, 헌신… 그 어떤 말로도 표현할 수 없는
어느 누군가의 희생으로 숨쉬고 있는 겁니다

이제 아시겠습니까?
왜 나라를 지켜야 하는가를
이제 보셨습니까?
나라를 지키는 게 어떤 모습인가를
이제 느끼십니까?
진정한 군인이 어떤 사람들인가를.

전투복에 걸린 태극기

30년 넘게 난 군복을 입었다
민무늬 국방색, 얼룩무늬
그리고 세월이 흘러
이젠 디지털 무늬
색깔이 다르고 형태도 달랐지만
늘 변함없이 전투복이라 부른다

그 옷을 입고
우리의 선열들은 피를 뿌렸다
그 피로 이 나라를 지켜 냈다
그 옷을 입고
또 나와 후손들은
땀과 눈물로 이 나라를 지키고 있다
조국의 온 산하
수많은 전쟁터와 훈련장에서
할아버지, 아버지, 나와 또 아들들의
피와 땀과 눈물을 받아 준 그 옷에
빛나는 무공훈장보다 더 자랑스러운
태극기가 걸린다

이름 모를 산곡 어느 참호에서
기억해 주는 이 없이 홀로 스러져 간 임들이시여!

우리가 진작에 그리했더라면
임들을 덮은 그 수의에 태극기를 붙였었더라면
차디찬 땅속에서도 외롭지 않으셨을 텐데…
죽음이 두렵거나 무섭지도 않으셨을 텐데…

우리의 태극기는 드디어
전투복에 걸려 내게 말한다

넌 전투복을 입은
대한민국의 군인이다
대한민국의 수호자다
이젠 더 이상 이름 없이 빛도 없이
그냥 스러지지 않을 것이다

언제 어느 곳에서
네 목숨 바칠 때가 오면
이 태극기가 널 품을 것이다
네 옷, 그 전투복을
세상에서 가장 값진 수의로 만들 것이다

그러니 놀라지 마라
두려워하지 마라
주저하지도 망설이지도 말아라

나와 함께 가는 호국의 길
오직 자랑으로 기꺼이 가라

오늘
전투복에 걸린 태극기로 인해
난 세상에서 가장 멋진 옷을 입는다
영원히 함께 가는 조국의 이름으로
대한민국 대표 군인이 된다.

전쟁, 생명, 숫자

137,899명, 국군
3,131명, 경찰
37,902명, 유엔군

25만여 명, 북한군
148,600명, 중공군
244,663명, 남한 민간인
282,000명, 북한 민간인

육이오 전쟁이 남긴 이 숫자를
그대는 혹시 아는가, 기억하는가

죽어 간 생명은 더 이상 억울하지 않다
안타깝다는, 불쌍하다는 생각도 없다

고귀한 생명을 숫자로 말하는 참담함이여
어마어마한 덩어리에 갇힌 하나의 숫자여

전쟁은 고귀한 생명을 단지 숫자로 말한다.

백전불태 한미동맹

지금! 여기! 자유와 평화를 위한 정의로운 힘이 있다
참전과 희생, 위국과 헌신! 뜨거운 피로써 맺어진 힘!
목숨 바쳐 지켜 낸 이 땅에, 한목숨 더해 지킬 그 맹세에 서렸다

어느 날 빛나는 아침의 나라에 포성이 울렸다
1950. 6. 25. 수없는 사람들의 시간이 멈춰
땅을 가르고, 사람을 찢으며 흘러내린 참혹함이며

왜 그래야 했는가, 무엇이 그리했는가
간악함은 거센 풍랑으로 넘치고, 험한 무리로 덤벼
이 땅끝, 낙동강과 압록강, 다부동과 초산을 헤집었다

누구는 처음 온 나라, 알지도 못하는 땅에 섰지만
아무도 굴하지 않았다, 처연할 정도로 당당했다
공포에 떨지도 않았고, 싸움에 물러서지도 않았다

자유는 거저 얻어지는 게 아님을 피로써 증명했다
32,933명 젊은 꽃들이 진 자리에
비록 갈라졌으나 새로이 일어선 역사가 위로한다

아아! 우리는 아는가
오늘 이 자리의 맹세는 그날의 죽음 앞에 바쳐져
자손만대, 대를 이어 면면히 품고 지켜 가야 함을

아아! 우리는 기억하는가
거룩한 큰 뜻, 웅혼한 그 정신으로 하나되어
벅찬 가슴 부여잡고, 영원히 함께 부를 이 노래를

같이 갑시다, 자유와 정의의 승리를 위해!
같이 갑시다, 한반도와 세계평화를 위해!
같이 갑시다, 백전불태의 한미동맹을 위해!

6.25, 그리고 눈물

흘리지 말아야 한다, 눈물을
그 누가 흘리고 흘려야 한다고 하더라도
그 앞에서는 차마 보이지 말아야 한다

대체 무엇이 그리 눈물나게 만드느냐
그게 뭐길래 한없이 솟구치게 하느냐
세상 어떤 것들이 애타게 서러운 게냐

울고 또 울며 밤을 지새워도 비워지지 않고
창자가 비틀리고, 끊어져도 소용이 없는
그 눈물을 아느냐, 한 번이라도 보았느냐

넌 진즉 들었어야 했다, 보았어야 했다
그날 포탄에 찢겨진 참혹한 땅에 엎어진 자가
겨우 뱉어 낸 단 두 마디 대한민국과 어머니를
끊어져 가던 숨 자락에 붙어 있던 눈물방울을

그러니 이젠 터트려야 한다, 네 맘 둑을
그냥 안으로 속으로 참지 말고 내보내야 한다
그날 앞에선 작은 눈물일망정 보태야 하기에
그것만이 영원히 네가 흘려야 할 눈물이기에.

제2부

감사

아들을 군에 보내며

아들을 보낸다
한번도 품에서 떼어 놓은 적 없는
마냥 어린애 같은 내 아들을
나도 가 본 적 없는 낯선 곳으로
이제 보낸다

어느새 이만큼 컸구나
그래서 보내야 하는구나
남의 자식 다 간다고 할 때도
너만은 아직 아닌 줄 알았는데
이제 보내야 하는구나

그래 보내마
내 품에서 기꺼이 보내마
이 어미 맘 찢어지더라도
차마 눈물 참고 또 참으며
장한 내 아들 이제 보내마

지금껏 내 아들로 태어나 자라
나라의 아들이 되고자 하는 널
뜨거운 마음으로 보듬고
대견함으로 어루만지며
조국의 품으로 훌훌 보내마

밥 잘 먹거라
잠도 잘 자거라
아프지 말아야 한다
다치지 않도록 조심하거라
동료들과 사이좋게 지내거라
소박한 이 어미 당부를 기억하거라

그리고 내 아들아!
어미의 품을 떠나 홀로 설 내 아들아!
정 보고 싶으면 어미가 찾아가마
때론 달빛으로, 또는 별빛 되어
보초 서는 네 얼굴 쓰다듬으러 가마

그러니 내 아들아!
자랑스러운 이 나라의 멋진 용사야!
용기를 내고 기개를 떨치거라
불의함에는 물러서지 말아라
염려하지 말고 담대하게 나아가거라

아들을 군에 보내며
입영심사대 연병장 한쪽에서
난, 내 아들이
아버지, 형들보다 더 멋진 군인이 되길
마음으로 울며 이렇게 기도한다.

유월의 어머니

내가 아는
누구의 어머니는
늘 아픈 사람이었는데
해마다 유월이 오면
아픈 몸과 맘 더 많이 아프곤 했다

그걸 아는
누구의 누이는
안 그래도 늘 아픈 울엄마
조금이라도 덜 아프게
그놈의 유월이 없었으면 하곤 했다

아서라 그런 소릴랑 말아라
이미 아픈 나 더 아프다고 안 죽는다
그래도 유월이 오면 너도, 나도
가슴에 묻은 자들 되살리니 좋다
묻혀 있는 그이들 되살아나니 좋다

애야! 그래도 그게 어디니
어디 일 년 내내 바랄 수야 있겠니
산 자들도 금세 잊히는 이 세상
유월이라도 있어 이렇게나마
죽어도 죽은 게 아님을 느낄 수 있으니

내가 아는
누구의 어머니는
다른 누구의 어머니가 아니다
일 년 내내 유월만 품에 품고 있는
바로, 유월의 어머니다

유월에 일어섰고, 유월에 죽어 갔고
유월에 이 땅 어딘가에 묻혔으되
해마다 유월이 되면
늘 여기저기서 되살아나는
그이와 또 수많은 그이들의 어머니다.

눈과 염화칼슘의 전투

세상을 온통 포위한 채 눈이 뿌려진다
총공격으로 이미 승리를 눈앞에 둔 군대처럼
세상을 하얗게 다 덮는 순간이 코앞에 와 있다
문득 드러난 땅, 그 어떤 눈도 덮지 못한 처녀지
왠지 그곳에 닿기만 하면 장렬히 전사하는 눈
그랬다, 생각지도 못했던 복병이 잔뜩 깔려 있던 거다
염화칼슘!
똑같이 위장한 채 그 어떤 눈도 두렵지 않은 스나이퍼
불쌍한 눈은 채 싸워 보지도 못한 채 그렇게 스러져 간다
희고 흰 것끼리의 목숨을 내건 치열한 싸움
흰 눈이 온 날, 흰 눈의 저격자는
좋은 건가 나쁜 건가
그 둘 중에서 누가 진정 내 편인가.

땀

지금, 이 순간 이 자리에서
그대! 땀 흘리기를 주저 마라
연무대 곳곳에 스민 그 땀이
이 나라 지키는 힘이 되리니
땅에 들어가 스러지지 않고
불멸의 혼으로 되살아나리니
그대 땀방울! 기꺼이 흘려라.

현충일에

바치고 싶다 하여 쉽게 바칠 수 없고
바치고 싶다 해서 선뜻 바쳐지지도 않는
그래서 차마 바치라고 요구할 수도 없는
오직 하나밖에 없는 저마다의 목숨

이것저것, 이 사람 저 사람 생각지 않고
저리 기꺼이 바칠 수 있음은
그의 생 속에 조국이 배어 있고
그의 삶 속에 희생이 녹아 있음일 터

죽어야 하는 순간에 겁을 내서는
죽어야 하는 찰나에 멈칫해서는
절대 다다를 수 없는 심신공양의 경지
결코 따라갈 수 없는 위국헌신의 자리

나라를 위해 기꺼이 한목숨 바친 자
364일 잊어도 오늘 만은
다른 어떤 이가 아니라 당신 만은
되살려 빛내야 하리, 높이 기려야 하리.

유학산에 핀 꽃

-2018 공군 F-15K 순직 조종사 추모 헌시

세상이 온통 갖가지 꽃으로 짙게 물들고
누구나 절로 꽃이 되어 시절을 다투는데
어인 날벼락 다가와 겨우내 기다린 행복
이리도 인정사정없이 자빠뜨리고 마는가

그 어떤 산이 높기로서니 못 피하겠는가
아무리 대기가 불순해도 어렵진 않았겠지
조종간 차마 놓고 뛰쳐나올 수 있었음에도
왜 잡고만 있었는지 그게 어떤 맘이었는지

내 너흴 맞으려 그리 많은 비 뿌린 게 아닌데
어이하여 꽃 만발한 내 땅에 젊은 피 뿌렸는가
구석구석 핀 진달래가 그리 붉지가 않았더냐
추적추적 내린 비가 성에 차지 않더란 말이냐

어찌 채 펼치지 못한 날개를 오늘에 접었더냐
화려한 귀환도 준비도 없이 받든 처연한 헌신
꽃 같은 그대들 꽃으로 맞는 게 이리도 힘든데
어떤 남은 가슴 한편 비워 그대들 담아야 하나

아아! 또 어떤 눈물 품고 그대들 보내야 하나
날마다 가슴 졸이며 보내야 했던 창공 속으로
휘이 휘이 날아오르는 온갖 새들의 무리 속으로
영원한 비행 떠나려는 그대들 어찌 보내야 하나.

임들의 무덤에서

-2018 삼일절, 국립대전현충원 애국지사 묘역에서

오늘은 오고 싶었다, 여기 이 땅 이 자리에
다른 날은 몰라도 오늘만큼은 꼭 서고 싶었다
100년 전, 가슴에 총칼 받아 가며 목놓아 외치던
대한독립만세의 그 외침이 알알이 녹아 있는 땅
만주로, 연해주로, 시베리아까지 뿔뿔이 흩어져
외로이 싸웠던 영혼들 한데 모은 장군봉 산 아래
해와 달이 보호하는 그 언덕 위에 꼭 서고 싶었다

바란 것 오직 하나뿐, 그 무엇도 바라지 않았다
늘 있을 줄 알았는데 어느 순간 사라진 내 나라
잃고 나서야 얼마나 소중한지 알았던 내 강토
이대로 있을 수 없다, 이대로는 살아갈 수 없다
나는 몰라도 내 자식, 손자에게는 물려줄 수 없다
아무 조건 없이, 아무런 대가 없이 그냥 싸웠기에
찾는 이 없어도, 기억해 줄 이 없어도 서운치 않다

임들이여 서운해하셔도 됩니다, 혼내셔도 됩니다
해마다 오는 이날, 집구석에 태극기 하나 달랑 걸고
임들의 외침 기억하노라, 임들의 피 잊지 않았노라
알량한 마음으로만 스쳐지나간 게 저뿐이겠습니까
임들이 다시 찾은 이 땅만 말없이 기억하고 있을 뿐
임들의 땅을 날며 진혼곡을 부르는 새들만 알아줄 뿐
임들이 이곳에 누운 줄도 모를 텐데 누가 알겠습니까

아서라! 그런 소리일랑 말아라, 몰라도 된다잖느냐
우리 이곳에 순국선열, 애국지사 이름으로 누운 걸
너희들이 모른다고 무에 그리 큰 잘못이겠느냐
그렇다고 해서 그게 다 너희들의 탓이겠느냐
세월이 그랬고, 시대가 그랬으니 뭘 탓을 하겠느냐
살아서도 이름 내지 않았거늘 죽어서 뭘 구하겠느냐
그러니 이제 와서 행여나 요란법석일랑 떨지 말거라

난 그냥 좋다, 죽어서라도 이 땅에 묻혔으니 좋다
난 정말 됐다, 죽어서라도 내 땅에 묻혔으니 됐다
왜놈 땅만 아니면 그 어디라도 괜찮다고 했었는데
중국 땅도 아니고, 노서아 땅도 아니니 얼마나 좋으냐
더 이상 도망갈 필요도, 숨을 필요도 없으니 좋다
해방된 나라가 내게 여덟 평 누울 땅 마련해 주고
과분한 호칭 새긴 묘비와 유언 담은 비문까지 새겼으니
어느 땅 흙 한 줌 달랑 덮고 있는 동지들에게 미안허이

오늘 온 이 땅 위엔 골 따라 능선 따라 바람이 몹시 분다
찾는 이 없어 더 적막한 땅 너라도 그렇게 지키고 있구나
임들이시여! 저는 압니다, 그래도 임들은 행복하다는 걸
목숨으로 바꾸어 자주와 독립된 이 땅에 누워 계시니
임들은 그래도 멀리 후손들 인기척이라도 듣고 계시니
이제 그냥 떠나는 순간에 차마 발길이 떨어지지 않음은

지금 내가 선 무덤 앞, 앞으론 어느 후손들이 또 서리오
바람만이 지키는 임들의 무덤에서 난 이렇게 염려한다.

노병의 훈장

오랜 시간 묻혀 있던 건 비단 나뿐만이 아니다
땅 깊이 썩은 주검과 썩지 않을 피도 묻혔고
더불어, 잊지 말라던 마지막 당부마저 묻혔다

파내야 했고 찾아야 했지만 먹고살기 바빴기에
되살리고 기억해야 했지만 사는 게 힘들었기에
때론 알고도 모른 척 무던히도 많이 외면한 세월

66년 만에 찾아낸 6.25 전투유공의 이름으로
이 악물고 버틴 노병의 가슴에 모습을 드러낸 훈장
빛나는 내 안에 녹슨 가슴 감춰져 있음을 알 리 없다

여기저기 잠들었던 전우들의 아우성이 들린다
이제서야 여기 서 있음이 무에 그리 자랑일 텐가
그렇지 암 그러고 말고, 위로가 아닌 위안이다

그렇게 눈물짓는 노병에 매달려 난 힘껏 말한다
고맙소, 마침내 내 임자가 되어 주어 정말 고맙소
당신이 조국이오, 이제서야 진정한 위로가 된다

오랜 묻힘에서 깨어나 난 조국의 가슴에 걸린다.

그대! 지금 감사하라
-장군 진급에 비선된 벗들에게 띄움

감사하고 또 감사할 일이다
돌아보면 모든 게 감사할 일이다
가까이에 좋은 사람들이 늘 있었고
열정을 다해 몸 바친 일도 있었으며
무엇보다, 삼십여 성상 많은 날을
군복을 입고 지내왔다는 게 감사하다

감사하고 또 감사할 일이다
되돌아보면 모든 게 감사할 일이다
위태로웠던 순간에 쓰러지지 않았고
힘들었던 때에도 포기하지 않았으며
무엇보다, 그 많은 어려움 다 헤치고
이 땅의 군인으로 살아온 게 감사하다
목숨 바쳐 지킬 나라 있음이 감사하다

사랑하는 대한민국의 국군 대령들이여!

지금, 이 순간
간절히 원하고 원하던 것을 이루지 못해
많이 힘들고 아파할 벗들에게 전하노니

감사하고 또 감사할 일들이 지금껏 많았고
고맙고 또 고마울 일들이 무진장 많을 테니
지금 그대 가슴에 오직 감사로만 채우시길
앞으로 수없이 많은 날 늘 감사로만 사시길
그대의 감사는 오직 조국과 대한 국군이길!

당신 품에 봄꽃 심으며

한 고비 한 고비 넘어가는 게
세월이라 했건마는
당신이 떠나가신 후로
내 세월은 넘어가지 않습니다

한 굽이 한 굽이 건너가는 게
산천이라 했건마는
당신이 사방 누비던 그곳을
내 그리움은 건널 수 없습니다

얼마나 많은 고비를 넘겨야
겨우겨우 당신 곁에 다다를까요
얼마나 많은 굽이를 건너야
마냥 기다렸을 당신 품어 줄까요

난 이미 알아요, 아무도 알 수 없고
누구도 가르쳐 주지 않는다는 걸
그러면서도 이렇게 대답 없는 외침만
허공으로 띄워 보낸 지 오래입니다

말없이 누워 있던 땅들은 알 거예요
때맞춰 피고 지던 꽃들도 알 테지요
여기, 잊은 듯 야속했던 이들까지도
지금, 이 순간 바로 당신 곁에 왔어요

그러니 흘린 피 스민 흙을 요 삼고
전우가 덮어 준 태극기를 이불 삼아
이제는 편히 쉬세요, 깊은 잠 드세요
사시사철 변해 가는 세월에 맡기세요

우리는요, 늘 말없이 기억만 할 겁니다
이 산하에 바친 당신의 맘 깊고 짙기에
이 가슴에 남긴 당신의 뜻 크고 넓기에
색깔은 바랠지언정 잊지는 않을 겁니다

그리고요, 산 사람은 어떻게든 산다고
남겨진 자들은 또 무심히 살아갈 테지만
해마다 봄 되면 절절한 그리움 가득 담아
따순 당신 품에 봄꽃 하나는 꼭 심을 겁니다.

유월의 산하는 왜 말이 없는가

참으로 숱하게 기다려 온 세월이었지
정말로 모질게 견뎌 온 시간이었어
팔다리 잘려도 살아난 게 부끄러웠고
화약과 파편으로 다 파헤쳐진 무덤 속
그 같은 자리에 눕지 못했던 미안함에
애써 숨기며 견뎌 왔던 지난날이었어

언젠가는 누군가는 말해 줄 줄 알았지
나 같은 사람들은 입 꾹 다물고 버텨도
하고많은 날들 눈 부릅뜨고 지켜본 산하
너희들이라면 반드시 토해 낼 줄 알았어
그해 유월에 우리들이 왜 그래야 했는지
영문도 모른 채 왜 네 품에 안겨야 했는지

마음속으론 외치고 싶은 게 참으로 많았지
왜 싸웠냐고, 왜 죽었냐고, 왜 버렸었냐고
너희들은 뭐 했냐고, 왜 지켜보고만 있었냐고
땅을 흔들고 물을 퍼 올려 다 쓸어 버렸으면
저들끼리 더 이상 뭘 할 수도 없었을 텐데
왜 그냥 놔뒀냐고, 무에 그리 무서웠냐고

이젠 너희들이 품었던 살과 뼈는 어디선가
말라비틀어져 흙이 되었는지도 모르는, 나
그리 무심할 정도로 살아온 게 칠십 년이야
속히 조국의 품으로 돌아오게 하려 하나
여전히 너희가 내놓지 않고 품고 있는, 자
아직도 많은 그 님들은 언제나 맞이하려나

야금야금 기다린 게 무려 그만큼이나 됐어
한마디 대답도 못 듣고 궁금증은 덮어둔 채
그냥 살아온 거야, 덤인 목숨 부지한 거야
그러는 새 많은 해와 달이 우릴 스쳐갔지
간간이 되살려 내고 잊지 말자고 하면서
고맙게도 돌아봐 준 이들은 살아 있을까?

그대여 또 아는가 모르는가, 짐작하는가
해마다 유월이 오면 이름 없는 고지에 서서
그분들의 진한 울음, 깊은 통곡에 섞여진
그날의 사연들 듣고 싶은 마음 간절한데
그 속에 참아 온 내 눈물 다 쏟아 내고픈데
그대들 유월의 산하는 왜 말이 없는가?

53

국군의 날을 축하하며

1950년 10월 1일, 드디어
3사단 23연대가 양양에서 38선을 넘었다
속절없이 밀리고 무너져
낙동강 방어선도 위태로웠는데
9.25 인천상륙작전과 동시에 반격을 시작하여
드디어 통한의 선, 38선을 넘었다

북진!
얼마나 꿈에 그리던 일인가
얼마나 가고자 했던 길인가
대한민국 군대가 다시 일어서 당당하게 진격한 날
그날이 바로 국군의 날이 되니

오늘이 우리의 국군의 날! 군인의 날!
갈라진 이 땅의 수호자 되어
수많은 호국영령들의 피로 지키고
온 국민의 땀과 눈물로 번영을 이뤄
할아버지, 아버지, 대대손손 이어 온 지 어언 70개 성상

국가 방위의 중심군 육군
바다를 수호하는 필승 해군
조국을 지키는 가장 높은 힘 공군
소수정예 강한 해병

이역만리 해외 파병부대까지
이 땅을 넘어 세계로 웅비한 대한의 국군

이제 국민의 뜨거운 신뢰 가득 담아
요동치 않는 믿음으로 굳게 서거라
완벽한 대비태세와 병영문화 혁신을 이루어라
국가 방위와 세계평화의 주역이 되어라
마침내 북진을 넘어 통일의 선봉에 서는 날
그날에 10월 1일의 역사를 새로 바꾸어라

오늘은 국군의 날! 군인의 날!
장하다 대한 군인이여
마음껏 그대들의 생일을 축하하라
강한 대한 국군이여
정정당당 위풍당당 영원무궁이 뻗어 가라.

명절 밤, 최전방 철책선 병사들을 생각하며

우리의 명절은 일상을 내려놓게 한다
너도, 나도 잠시 제 삶을 떠난다
명절엔 마음은 이미 고향에 있고
몸은 막히는 길에도 힘든 줄 모른다

그 명절을 변함없이 같은 마음
평소보다 더 긴장하여 맞는 사람들이 있어
우린 명절의 기쁨을 온전하게
그 즐거움을 편안하게 누리고 맞는다

최전방 철책선을 지키는 군인

그들은 명절날 밤에도
명절도 잊고, 고향도 물린 채
보름달을 투광등 삼은 채 철책을 내려와
부릅뜬 두 눈으로 전방만 주시한다
오직 소총만 움켜쥐고 완전경계에 임한다

계절은 알되 명절은 모르는 철책선은
여전히 숨소리 하나 허락치 않고
군장 멘 등뒤로 촉촉한 땀만 흐른다
북녘 땅만 주시하는 전우의 눈동자 안에 비친 달을 보고
비로소 그 달이 명절날 보름달임을 느낀다

최전방 철책선에는 인기척이 없다
거북이처럼 느릿하게 꼬리를 문 차들도
형형색색 추석빔으로 단장한 옷차림도
왁자지껄 수다스런 인사들도 미치지 못한다

위장한 얼굴은 어둠으로 숨어 눈동자만 빛나고
풀벌레 소리와 함께 전해지는 작은 숨결만이 있다
어느새 철책선의 가을은 벌써 저만치 가 버려
쌀쌀한 찬바람만이 땀을 식히고 스며들고
밤은 야속하리만치 더디 흐른다

추석 명절
철책선의 밤이 그렇게 깊어 간다

세상은 그들을 잘 알지 못한다
부모 형제, 친구들도 잠시 잊는다
여기가 어딘지, 여기서 무얼 하는지
알지 못하고, 알 수도 없다
아무도 모르고, 아무도 오지 못하는 최전방이니까
하지만 우리는 안다, 지금은
나의 명절이 없어야 부모 형제의 명절이 있고
우리의 명절을 잊어야 국민의 명절이 온전함을

그것이 호시탐탐 빈틈을 노리는 적의 야욕을 꺾고
내 나라, 내 고향을 무사히 지켜 내는 길임을

그리고 굳게 다짐한다, 앞으로
이 철책선이 걷히고 통일이 오는 날
그날에 비로소 우리의 고향이 지켜지고
우리의 명절도 온전한 명절이 될 것을
그날이 반드시 와야 하고, 하루속히 와야 함을.

전역 연기 장병들에게 부치는 헌시^(獻詩)

힘을 이기는 건 더 센 힘이다
의지를 꺾는 건 더 강한 의지이다
우리는 보고, 듣고, 겪었노라
더 센 힘과 더 강한 의지가 진정 무엇인지를

야비하고 치 떨리는 도발 현장에서
전투보다 더 치열한 전투 상황에서
마음으로 하나되고 몸으로 부딪쳐 가며
한 치도 물러서지 않았노라

적^(敵)의 간악한 흉계는 훤히 들여다보였고
말도 안 되는 억지는 부리고 부리다 사그라져
패배의 오명을 뒤집어쓰고야 말았노라
그래서 마침내 물러났노라, 굴복했노라

전우들과 끝까지 함께하고 싶습니다
제가 나가면 후임들이 어렵고 힘듭니다
제가 제일 잘 알기 때문에 지금 나가면 안 됩니다
전쟁터에 후임들만 놔두고 차마 갈 수 없습니다

당연히 가야 하는 길
날짜 세어 가며 그토록 손을 꼽아 기다리던 순간
전역을 연기한다는 게, 제대를 미룬다는 게
그리 쉽지는 않았을 터인데

누가 그들을 연약하다 했던가
어찌 그들을 나약하다 했던가
그 옛날 만주 벌판에서, 안시성과 청천강에서
동래성과 탄금대, 행주산성과 남해에서
이름 없이 피 흘린 선조들의 기개가 면면히 이어져

불의함을 회피하지 않았고
두려움에 주저하지 않았으며
갖은 위협에도 물러서지 않았던 젊은 장병들!
올곧은 그들의 충성이 나라의 승리가 되니

더 센 힘과 더 강한 의지로 뒤를 받쳐
이 군대와 군인을 더 강하게 만들고
이 나라와 국민을 비로소 하나되게 한
작지만 큰 사나이들, 이 시대의 진정한 군인들!

그들의 헌신을 잊지 않겠습니다
그들이 원한다면 모두 다 채용하겠습니다
헌신을 헌신답게, 충성을 충성답게
마음으로 화답하고, 행동으로 빛낸 국민!

이제 그들의 피 흘린 값진 희생정신이
후임들, 후배들, 아들 손자까지 끝없이 이어지고

그 귀한 헌신이 대한 군대의 자랑으로 우뚝 서
북진통일 고토회복(北進統一 故土回復)!
그 선봉 되어 앞장설 것이라

아아! 장한 장병들이여! 멋진 아들들이여!
오늘 그대들에게 내 마음껏 소리쳐 외치노니
적(敵)을 향해 부릅떴던 두 눈으로 기억하거라
승리만을 위해 요동쳤던 심장 안에 품어 담거라

그대들이 있으므로 부모 형제가 있고
그대들이 있으므로 동료 전우가 있음을
그대들이 있으므로 대한 국군이 있고
그대들이 있으므로 우리나라가 있음을.

부끄런 마음을 열며

-전사자 유해발굴 개토식에서

땅을 여는 그곳에서
흙 세 삽 겨우 뜨고
난 아무런 말 못하고 왔다

꽃 한 송이, 세 줌 향
진혼곡 짙게 어우러짐 속에
오래된 부끄러운 마음 열려서

땅을 열려고 간 그 자리에서
먼저 마음부터 열려야 함을
개토식 아닌 개심식임을 느껴서.

영원한 호국의 별로 다시 뜨소서
-구국의 영웅 백선엽 장군님 추모 헌시

"조국이 없으면 나도 없다."
여기 그 무엇인가를 위해 자기 자신을
온전히 바친 한생이 있습니다
우리가 말하는 그 무엇이라는 것이
이 나라, 우리 조국 대한민국이라고 한다면
그것을 위해 바친 생은 얼마나 무거울 수 있을까요
얼마나 위대할 수 있을까요
지금 우리는 그 무거운 생을 마주하고 있고
그 위대한 생을 보내려고 하고 있습니다
다름 아닌 대한민국의 영원한 호국의 별
백선엽 장군님이십니다

한 생애가 덧없을 정도로 짧기만한 인간의 삶에서
장군님은 세 자리의 해를 넘고 또 넘어왔습니다
죽음이라는 것은 이미 그 전에 수없이 건너고 또 건너셨고
마음은 이미 70년 전에 생사고락을 같이한 전우들과 함께
조국의 산하에 묻으셨음을 모르지 않습니다
우리는 지금, 이 순간 그런 백선엽 장군님의 몸과 마음을
조국의 산하로, 전우들의 품으로 떠나 보내드리는
가슴 아픈 작별의 시간을 함께하고 있습니다

장군님은 진정한 군인이셨습니다
그 어떤 호칭보다도 군인이라는 말이 잘 어울리고

군인이라는 말을 좋아하신 군인이셨습니다
대한민국 국군을 만드셨고
대한민국 육군의 처음을 여셨습니다
장군님이 만드신 군대를 이끌고
이 나라와 국민을 지켜 주셨습니다
그 무엇보다도 군인은
나라를 위해 목숨을 바칠 수 있는
유일한 직업임을 장군님은 정신으로, 몸으로
몸소 보여 주셨습니다

장군님은 별이셨습니다
그 누구보다도 아주 오랫동안 별이셨습니다
하늘의 별이 별일 수 있는 건
언제나 그 자리에서 빛나고 있기 때문입니다
당신은 늘 그 자리에서
나라를 위해 빛나고, 국민을 위해 빛나고
누구보다도 장군님이 아끼셨던
대한민국 국군장병들을 위해 빛나셨습니다
하늘에 계셔서 이 세상을 아름답게 빛내 주는
바로 그런 별이셨습니다

장군님은 영웅이셨습니다

백척간두 누란지위 속에서 장군님은
대한민국 국군을 기사회생시키셨고
대한민국이라는 나라를 기사회생시키셨습니다
내가 물러서면 나를 쏘라고 하셨으나
부하들은 결코 물러서지 않는 당신을
쏠 기회조차 잡지 못했습니다
통일의 희망을 품었던 평양 최초 입성은
장군님의 기개와 집념이 아니었으면 쉽게
이루어지지도, 해내지도 못했을 것입니다
장군님이라는 영웅은
그렇게 어느 누구도 감히 흉내조차 낼 수 없는
오직 조국을 위한 헌신 그 자체였습니다

장군님은 상징이셨습니다
대한민국 국군의 상징이셨고
한미동맹의 상징이셨습니다
장군님의 이름 하나만으로도
장군님의 존재만으로도 충분하셨습니다
다른 그 무엇이 없어도 족했습니다
장군님의 이름 석 자, 장군님의 건강하신 모습
장군님이 걸어오신 그 우국충정의 길만
열어 놓고 통하기만 하면

그 어느 곳에서든 상징이 되시기에 충분하셨습니다
장군님은 앞으로도 영원히
대한민국 국군의 상징
한미동맹의 상징으로 남아
'같이 갑시다'를 외치실 것입니다

장군님은 자랑이셨습니다
후배들의 자랑이요, 장병들의 자랑이셨습니다
저희들은 좋았습니다
창군 70여 년의 짧은 역사 속에서도
자랑할 수 있는 분이 계시다는 것이
그렇게 좋을 수 없었습니다
자랑할 수 있는 분이 바로
장군님이셔서 더 좋았습니다
장군님은 그런 분이셨습니다
척박한 토양 위에 핀 한 송이
아름다운 꽃과 같은 자랑이셨습니다

장군님은 희망이셨습니다
희망을 잃어버린 시대에
희망을 가르쳐 주셨습니다
희망이 무엇인지조차 모르던 시대에

스스로 희망의 자리에 오르셨습니다
대한민국 국군은 장군님으로 인해
늘 희망을 바라보며
위국헌신의 꿈을 키워 올 수 있었고
강한 군대의 길을 열어 갈 수 있었습니다
지금 한계를 넘어서는 초일류 육군은
장군님의 그 간절한 희망을 바탕으로
만들어 가고 있습니다

장군님은 사랑이셨습니다
사랑은 허다한 허물과 허다한 죄를 덮는다고 하셨듯
장군님은 모든 걸 다 품으셨습니다
아직도 돌아오지 못한 수많은 호국영령들을
누구보다도 깊이 마음속에 품으셨습니다
큰 산처럼 작은 흙조차 마다하지 않고
넓은 바다처럼 작은 물줄기들까지 다 받아들이시면서
몸소 사랑을 보여 주셨습니다
장군님의 삶은 사랑 그 자체이셨습니다

다부동전투에서 나라를 구한 구국의 별!
평양 입성의 선두에서 진격한 북진의 별!
분단을 딛고 일어서서 영광된

통일 조국의 미래를 이끌 통일의 별!
영원한 호국의 별이신 백선엽 장군님이시여!

장군님의 그 높은 뜻을 가슴에 새기겠습니다
충실히 받들겠습니다
대한민국 국군 전 장병과 군무원들은
장군님께서 사랑하는 전우들과 함께
피와 땀과 눈물로 지키신 조국 대한민국을
굳건하게 지켜 나가는 강한 군대를 만들겠습니다
어느 한생의 백년이 이토록 숭고할 수 있으며
어느 한몸의 헌신이 이토록 아름다울 수 있겠습니까?

아아! 오늘, 지금 이 순간
대한민국을 지키는 영원한 호국의 별로
다시 탄생하신 백선엽 장군님이시여!
장차 영광된 통일 조국의 군인으로
저희 후배들이 장군님 앞에 다시 서는 날
반갑게 웃으시며 마중 나오실 장군님을
늘 마음에 품으며, 이제 장군님을 보내드립니다
고이 잠드시옵소서, 충성!

제3부

희망

전쟁과 속담

죽고 죽이는 일이니 왜 안 두렵겠어. 피가 튀기고 살이 터지는 일이니 왜 안 무섭겠어. 전쟁이라는 게, 전투라는 게, 네가 죽어야 내가 사는 제로섬 게임이니 더 이상 무슨 말로 표현해. 마땅한 게 별로 없어

속담이란 걸 떠올렸어. 널 표현하기엔 그것도 괜찮겠다 싶었어. 너라고 늘 심각할 필요는 없잖아. 너라고 늘 죽음만 붙들고 있는 건 아니잖아. 따지고 보면 이 세상 너만 그런 건 아냐. 사는 게 다 전쟁이니까

넌 낫 놓고 기역 자도 모르는 일이지. 생각해 봐. 싸우는 놈들은 자기들끼리 잘 몰라. 이름도 모르고, 다 몰라. 왜 싸우는지도 몰라. 저들은 잘 모르는 윗선에서 결정한 거야. 싸우라고 하니까 싸운 거야. 그래서 싸운 거야

넌 백지장도 맞들면 낫다지. 세상에 혼자 싸우라고 해 봐. 아마 자그마한 고지도 혼자 못 기어 올라갈걸. 군장 메고 몇 백 리를 걸어가는 건 말도 안 돼. 죽을 둥 살 둥 옆에서 함께 싸우는 전우라는 애들 덕분이야

넌 종로에서 뺨 맞고 한강에 가서 분풀이하는 일이지. 왜 싸우게 되었는지 시작한 곳으로 거슬러 올라가 봐, 무엇이 나오나. 그 이유를 알면 아마 피식 웃을걸. 총 한 방이 전 세계를 아수라장으로 만들어 놓은 걸 생각하면 한심하기도 할걸. 그런 거야

넌 개똥밭에 굴러도 이승이 낫다는 말 잘 모르지? 국립 묘지에 가 봐. 너 때문에 얼마나 많은 사람이 죽었는지 모

르지? 거기에 묻혀 있는 사람들 다 살펴보기는 했어? 온종일 걸어도 다 돌아보지 못해. 어디 있는지 잘 찾지도 못해. 내가 가면 그들이 뭐라는지 알아? 개똥밭에 굴러도 이승이 낫대

　근데 넌 부부싸움은 칼로 물 베기라는 말 들어 봤지? 부부싸움만 그런 게 아냐. 모든 싸움이 다 칼로 물 베기야. 너만 빼고. 왜 서운해? 너도 물 베기면 좋겠어. 하지만 아니잖아. 다시 돌아갈 수 없잖아? 그래서 애초부터 싸워선 안 되는 거야

　죽고 죽이는 일 이제는 안 하면 안 되겠니? 지금 우리가 살아가고 있는 시대는 4차 산업혁명 시대래. 우리를 대신해서 우리보다 더 똑똑한 AI라는 친구들도 있대. 정 싸워야 한다면 걔들 대신 내보내서 싸우도록 하자. 게임판을 돌려서라도 하자. 그리고 지는 사람이 깨끗이 승복하면 되잖아. 이젠 너 죽고 나 죽는 싸움 하지 말자. 이 정도로 말하면 알아듣겠지?

대한독립만세

일 년, 이 년도
십 년, 이십 년도 아닌
훨씬 먼 백 년 전에
내 할아버지, 할머니는 어린 나이에
태극기를 손에 쥐셨다 했다

부모에게서도 채 독립하지 못한 몸이
나라가 독립한다는 걸 알기나 했을까
내 땅에, 우리 터전에 왜놈이 들어와
칼 차고, 총 들고 주인 행세 한다는 건
누가 알려 주지 않아도 알고 계셨겠지

독립이 무언진 가슴으로 아셨다 했다
숨죽여 살지 않아도 되고
떳떳하게 살 수 있다는 것만으로도
그걸 꼭 하고 싶다고
그걸 꼭 해야 한다고 외치셨다 했다

내 할아버지, 할머니의 만세 소리엔
이 하늘 아래서 마음껏 숨쉬고 싶다는
이 땅 위에서 마음껏 뛰놀고 싶다는
애타도록 뜨거운 바람이 있었을 테지
가슴 깊이 절절한 꿈이 담겨 있었겠지

총으로 흥한 자 총으로 망하고
칼로 짓밟은 자 칼로 스러진다는 걸
우매할 정도로 외면했던 검은 무리
그들이 같은 사람인 걸, 같은 인간인 걸
죽도록 부인하고 부정하고 싶으셨겠지

그날 이후로 겪어야 했던 수많은 날
참혹하다 못해 참담했던 시간 흘러
반백 년도 아닌 온 백 년이 된 오늘
다시 찾은 땅, 다시 받은 하늘이 기뻐
목청껏 외치는 대한독립만세 그 소리

이제 아들, 손주, 증손주들까지 이어져
이제야, 드디어, 비로소 온누리 퍼지니
새 하늘 아래에서 맘 편히 자유로워지라
새 땅 위에서 온전하게 평화로울지라
다신 독립이란 걸 희원하지 않게 하라

대한독립만세 대한독립만세 대한독립만세
가슴 벅찬 만세 삼창만 백 년 너머 울릴지어라.

전선의 봄

들이 드디어 활짝 열었다
겨우내 꽁꽁 싸맸던 몸을

열린 몸은 쉽게 녹아내렸고
녹은 채로 완전 무장해제다

피아(彼我) 가리지 않는 그 품에 안겨
난, 싸우러 나가던 길을 잃었다.

숨결이 바람 되어

살아서, 꼭 살아서 돌아가고 싶었어요
우리의 베개를 같이 베고 당신의 밤을
내 조용한 숨결로 지켜 주고 싶었어요
행여 잠이 들지 않을 때면 함께 지새며
숨결로 전해지는 내 삶을 보태고 싶었어요

그건 꿈이 아니었는데, 정말 그랬었는데
어느 산곡에서 당신 향한 숨결은 잦아들었죠

이제 어떻게 당신 곁에 돌아가야 할까요
날마다 당신을 비추는 햇빛에 담을까요
그리 좋아하던 저녁노을로 찾아갈까요
아니에요, 사시사철 당신의 품을 파고드는
한 조각 바람으로 남아 있는 게 좋겠어요

스러진 내 숨결은 오직 당신만의 바람 되어
내가 죽어 지킨 당신 곁으로 꼭 돌아갈게요.

죽주산성에서

1
이제 와서 다시 꺼내는 게 어떤 의미가 될까
생각조차 하기 싫은 참혹한 그 시대를
미처 알지 못했다고 없었던 게 될 리 없고
또한 안다 해도 어찌할 수 없는 형편이니
그들의 주검 앞에 고개라도 들고 있으려면
차라리 우리의 무지를 인정하는 게 나으리
나라도 팽개치고 사람마저 외면했던 길에서
장엄한 죽음은 기대 못해도 최소한의 존엄일랑
지키길 바랐던, 아! 그마저도 한낱 꿈이었던가.

2
제 목숨은 제가 챙겨야 했다
제 살길은 제가 찾아야 했다
그 누구에게도 기대지 말아야 했다
허물어져 가는 산성의 끄트머리일망정
손톱이 으깨지도록 놓지 말아야 했다
질질 끌려가 당할 치욕들 어디 상상이나 했겠느냐
너의 잘못이 아니다, 너희들의 책임이 아니다
참으로 야속했지만, 그땐 그런 시절이었다.

3
모두 버려 놓고 강화섬에 들어가 떵떵거리던
적보다 더 무섭고, 끔찍했던 무리도 있거늘

힘없는 나라, 무능한 정권, 속절없는 군대
하필이면 짐승 같은 자들과 동시대를 살았던
내 자신을 푸념으로나마 원망할 수밖에
지켜 주지 못했던 어미, 누이, 딸들 앞에
지금껏 그 누구도 청하지 않은 죄를
이젠 이 땅에 선 나 혼자라도 고할 수밖에

4
죽주성아! 네가 있는 게 천운이었구나
너마저 없었다면 정말 어찌되었겠느냐
사방으로 들고 나는 길 한가운데
야트막한 산 위일 망정 우뚝 서 있어
밀려들고 달려드는 무리의 숨통을 조일 수 있었던
그 짧았던 만큼 치열했던 보름의 세월이
모두 살렸구나, 살릴 필요 없었던 체면까지 살렸구나.

5
그날 그 자리에서 어떻게든 살아남은 자들의
부끄러운 후손이 된 나는
애끓는 울음으로 덮이고
피나는 눈물로 묻힌 땅에 선다
승리도 접어 두고 자랑도 감춘 채
하릴없이 팔백 년의 시간으로 쌓인
무참했던 그들의 이야기를 듣는다.

6
아무 이유 없다, 아무런 말도 필요치 않다
그저 네 새끼 하나 챙길 힘일랑은
놓치지 말아다오, 어떻게든 꼭 지녀다오
사람의 탈을 쓰고서 사람에서 벗어나지 마오
이름 없는 죽음이라고 쉽게 잊지 말아다오
우리 앞에선 함부로 정의를 말하지 마오
피만이 자랑이 되는 역사를 반복하지 마오
이유 없는 주검 앞에선 어떤 말도 필요 없으리.

7
알지 못하는 이여! 그냥 그대로 가만히 있으라
그 가벼운 입으로 정복자를 존경한다 하지 마라
사람의 살과 피로 세상을 지배한 것을 부끄러워하라
무참히 땅덩어리를 짓밟은 자 결코 위대하지 않으니
그 앞에 붙어 있던 낯뜨거운 찬사일랑 지워 버려라
돌 틈 아래에 묻힌 그들의 말을 들어 보기만 한다면
이제껏 자랑했던 얕은 지식마저도 버려야 하리
네 위에 선 이에게 바람으로 전하는 그 말을 나는 듣노라.

* 죽주산성: 김인수 장군의 고향인 안성시 죽산면에 위치한 산성으로 통일신
라 때 축성되어 고려시대 몽고군 제3차 침입 당시 싸워 승리했으며, 조선시
대에도 병자호란 때 진을 치기도 했다.

아! DMZ

세상 안 걸리는 곳 없는 무지개도
차마 빛나는 걸 미안해하던 그곳
같은 사람끼리 강제로 갈라놓은
겉은 평화롭지만 가장 위험한 땅
햇살 바람도 손댈 수 없던 철망에
칠천만 염원을 소망으로 묶는다
칠십 년 울음을 웃음으로 바꾼다.

장군봉 산행

장군처럼 위엄이 있다 하여
장군봉이라 했는가

삼불봉 천황봉 향적봉이
병풍처럼 앞을 두르고

소령봉 중령봉 대령봉이
옆을 받쳤네

그 장엄한 자연에 덧씌운
우리네 사람들의 사심(私心)

대령봉에 올라야 대령(大領)이 되고
장군봉에 올라야 장군(將軍)이 된다 하네

참으로 묘한 일이지

산은 자신의 위를 허하며
모두 다 한없이 비워 내라 하는데

우리는 그 위를 향하며
끝없이 쉼 없이 채우려 하네

하여, 오늘 난
장군봉 위에 서서

그 산 앞에
절대 부끄럽지 않으리라 다짐하네.

평화의 시작
-세계군인체육대회 개막을 축하하며

잠실, 상암동, 부산, 인천을 거쳐
이번엔 경북 문경이다
올림픽, 월드컵, 아시안게임을 넘어
이제 세계군인체육대회다

10일간의 열전
117개국 7,000여 명의 선수
갖가지 24개의 종목, 심지어는
낙하산 침투도 겨루는 군사올림픽

총을 놓았다
군복도 벗었다
계급장도 모두 뗀 우리는
스포츠로 하나가 된다

전투에 2등은 없다고
숱하게 들었을 세계의 군인들이
서로의 1등을 축하하며
당당한 꼴찌도 감수할 것이다

드디어 평화가 온다
평화는 멀리 있지 않다
세계의 군인들이 모두 총을 버리는 날이
바로 평화의 시작이다

이제 진군의 북소리 대신 사랑의 종을 울려라
비명과 신음의 고통을 딛고
영광과 승리의 환호를 질러라
수천 년 이어 온 참혹한 싸움을 끝내라
우리에겐 오직 정정당당한 경기만이 있다

오늘, 한반도에 또 하나의 역사가 새겨지니
문경의 너른 들판에 선 건각들로 인함이다
달리고, 겨루고, 응원하며 뭉쳐
아무도 못 이룬 세계평화를 이끌어 내라

그대! 세계의 군인들이여!
영원한 자랑으로 똘똘 뭉쳐라
그대! 세계의 군인들이여!
모두의 승리로 하나되어라.

코로나와의 전쟁

눈에 보이지도 않는, 코로나라는
조그맣고 조그만 바이러스란 놈이
큰 싸움을 걸어 왔다

누구는, 어떤 사람은 드디어
인류 최후의 전쟁이 시작되었다고 한다
난 아직까지 인정 못한다

도대체 아직 정체도 다 밝혀지지 않은
생전 들어 본 적도 없는 놈들이
감히 겁대가리도 없이 인간에게 덤비다니
받아들일 수 없다, 용서 못한다

그런데 그놈은 생각보다 힘이 세다
지구촌 곳곳은 여기저기서 난리다

많은 사람이 이미 죽어 나갔고
더 많은 사람이 녀석에게 사로잡혔다
치료제가 없다는 게 더 무섭게 한다

드디어 올 것이 오고 있다, 공포다
놈의 계략이 먹히는 걸까?

사람들끼리 서로 피한다, 밀어낸다
사람들 사이로 바이러스보다 더 무서운
의심이 파고든다, 배척이 똬리 튼다

사람으로 하여금 사람을 피하게 하는 것
인간으로 하여금 인간을 밀어내게 하는 것
이게 그놈들의 목표요, 전략이요, 전술이다
우린 이미 말려들었다, 돌이키기도 쉽지 않다

전쟁은 해서는 안 되니 미리 막아야 하지만
이미 벌어진 전쟁은 무조건 이기고 볼 일

바이러스란 놈들이 견디지 못할 정도로
사람이 사람을 더 뜨겁게 안아 주고
인간이 인간을 더 뜨겁게 사랑하는 일!

놈들과의 전쟁에서 이길 유일한 무기
놈들을 물리칠 가장 결정적인 비책이다
뜨거운 인류애로 이겨 놓고 싸울 일이다.

최동북단 동해에서

널 만나러 왔다
아니 널 만나야 했다
만나는 건 내 의지가 아니라 당위였다

널 보지 않고서는
한 해도 그냥 보낼 수가 없었기에
어쩌다 그냥 넘기는 해가 되면
난 여지없이 몸살을 앓아야만 했다

난, 소리로 반기고 포말로 맞이하는
네 품이 그리웠기도 했지만
사실 그 품속에 그냥 빠지고 싶었다

네 품에선 편협한 도량이 사라져 버리고
작은 욕심까지도 슬그머니 꼬리를 감췄다
크고 작은 삶의 찌꺼기들이 빠져나갔을 때
그제서야 내 안을 무심히 들여다볼 수 있었다

넌 멀리서 밀려오는 거대한 거울이었다
언젠가 부끄러워 차마 다가서지 못했을 때
넌 높이 파도쳐 피할 틈도 안 주고 날 품었었지

밀려왔다 물러나며 남은 힘 다 쏟아 낸 후에야
마침내 서슬 퍼런 칼같이 정신만 온전하여
더 갈 수 없는 땅에 대한 회한을 털어놓곤 했었다
가고 싶어도 못 가는 그 땅을 지척에 두고

오늘따라 유독 조용한 동해야!
내가 많이 그리웠었지 내 얘기 또 듣고 싶었지
그래서 딴 데 가지 말라고 애타게 불렀던 거지

변함없는 네 앞에 굳건히 다시 선다
드넓은 땅 한데 감싸 안은 네 품에 안긴다
그리곤 되새긴다 다짐한다
갈라진 이 땅 꼭 합치리라는 내 일생의 소망을.

대한민국 육군

부전이 굴인지병
싸우지 않고 이기는
서희 장군의 군대

선승 이후 구전
이겨 놓고 싸우는
이순신 장군의 군대

국가 방위의 중심군
한계를 넘어서는 초일류
대한민국 육군입니다.

비무장지대에 서서

최전방 높은 땅, GP에 서니
앞뒤의 확성기 소리가 윙윙
육십 년 내내 끊어진 벌판엔
엄한 눈매만 이어지고 있다

보고 싶어, 나는 날마다 본다
눈앞에 맨 이름으로만 남은
찾아야 할 할아버지의 땅을

넘고 싶어, 나는 매일 건넌다
코앞에 놓고 애써 발 멈췄던
이 세상 가장 긴 설움의 강을.

가을, 현충원에서

누운 자들의 품에도 가을은 왔다
풍성한 잎사귀들은 이불 되어 덮고
끝내 잠들지 않은 혼들을 다독인다

열 지어 정렬한 하얀 비석들 사이로
임들의 숨들은 바람 되어 드나들며
각자 쉬는 곳 찾아 살짝이 속삭인다

지금 여기 있음은 여전히 살아 있는 것
영원히 숨쉴 수 있는 조국이 있다는 것
가르침은 그거 하나만으로도 충분하다.

야전과 전방

당신, 지금껏 살면서 혹시 그런 적 있어요?
어떤 단어를 듣는 순간 가슴이 막 뛰던 적

당신, 여태껏 살아오면서 느껴 본 적 있어요?
어느 장소가 고향보다 더 깊이 담겨 있는 걸

군인에겐 있어요, 군인은 누구나 다 그래요
야전이에요, 구릿빛 얼굴에 땀방울 흐르던
전방이에요, 철책선 너머로 두 눈을 부릅뜬

이 땅 곳곳에 흩어져 지내도 우리 군인 맘은
야전에 항상 머물러요, 전방만 늘 바라봐요
야전은 고향 집이고, 전방은 방 아랫목이에요.

그들을 조국의 품으로

-전사자 유해발굴에 부쳐

1

이제 와서 그대들이 온통
파헤쳐 찾는다고 들썩이지만, 실은
세상에 나오려는 우리의 몸부림이다
더 이상 참을 수 없는 엄청난 아우성이다

잊혔던 세월 더 지나갈까 봐
기억해 주는 이 다 사라질까 봐
조각난 뼛조각 하나 도망갈까 봐
비 맞고 눈 덮으며 지켜 온 주검이기에…

누구는 오지게도 깊은 산골에 묻혀
또 누구는 낙엽만 몇 장 덮은 채
무너지는 산, 스러져 간 삶과 싸웠지
살아선 적이, 죽어선 짐승들이 달려들었지

목뼈에 겨우 걸린 군번줄 하나
겉피도 문드러져 알몸으로 뒹구는 수통
총칼도 녹슬어 던져진 땅에서, 우린
죽어서마저 싸우며 버티고 버티었지.

2
그대들은 정녕 모르겠는가, 그 이유를
어느 날 불쑥 삽 들고, 괭이 들고
우리가 누운 이름 모를 땅을 찾은 그대들을
살점 하나 없는 몸뚱일망정 어여 한번 잡아 보길
간절히 바랐던 염원으로 인함이었음이라

아아! 어찌 늦었는가, 지금까지 뭐 했는가
품었던 물음들이 울음 되어 터지고 나서야
우린 조국의 아들로 비로소 돌아왔노라
꽃다운 나이는 한 살도 더 먹지 않았고
정신은 미처 죽지도 못하고 여전히 산 채…

그대들은 우릴 두고 말한다
그들을 조국의 품으로 돌아오게 하겠노라고
그들이 누구냐, 어떤 이들이냐
조국의 품으로 돌아오겠다고 누가 그러더냐
우리가 언제 한번이라도 떠난 적이 있었느냐

산 자들마저 태어난 땅, 키워 준 품 버릴 적에도
우리는 죽어서 마저 지켰노라, 절대 떠나지 않았노라
눈비 맞고, 폭풍우 견디며 기다렸노라
우릴 잊지 않기를, 언젠가는 다시 찾아 주기를.

3
제발 알아다오, 한시도 조국의 품을 떠나지 않았음을
육십여 성상 그 말도 안 되는 세월을
이 땅의 흙을 덮고, 조국의 품에서 버텼음을
그러니 그들을 조국의 품으로라는 말일랑 말아다오
우린 갈 수도 없었노라, 갈 데는 더더욱 없었노라

드디어 이제야 오늘에서야, 우린 세상에 나왔노라
장하디 장한 증손자들의 고사리 같은 손에 의해
눈부신 햇살을 다시 보았노라, 푸르른 산천도 느꼈노라
유골로 남은 몸뚱이로 기특할 만큼 견디고 버텨
몸 바쳐 지킨 내 나라, 혼으로 지키기 위해 돌아왔노라

전사자 유해발굴 현장에 서서
난 그들의 소리를 듣는다
마지막 한 구까지, 반드시 찾으라는
처절한 외침을 가슴에 새긴다.

손자가 말하다

무려 2,500년 전
그때는 온통 싸우는 생각만 하고
더불어 살아간다는 맘이 없던 때

짧은 6,109자에
커다란 우주의 이치를 몽땅 품었고
치열한 세상의 진리를 가득 담았다

어떠한 경우에도 온전을 구하라
어떠한 상황에도 위태롭지 마라
기어이 싸운다면 이겨 놓고 싸우라

이제, 장구한 세월 넘은 손무의 일침
다른 거 읽을 필요 없다, 생각도 마라
싸우지 말고 이길 수 있는 길만 가라

전쟁의 끝에 서 본 내가 널리 고하노라.

제4부

사랑

그 앞에 서서
-인간의 문제

　싸움이라곤 돌멩이와 나무막대기로만, 전쟁이란 건 칼과 활로만 하는 줄 알았던 죽주산성 밑의 촌놈이 제대로 된 전쟁을 안 건 갓 중학생이 된 때였지. 남아공 참전 기념비 앞에서. 남아공이 남아프리카공화국이란 것 정도는 알았고, 참전의 戰자가 남들이 한국전쟁이라고 부르는 6.25전쟁이라는 것도 알았지만 머릿속에선 미처 개념화되지 못했지. 그네들이 왜 왔는지, 어디서 싸웠는지도 모를 때였으니까. 더 이상했던 건 그게 아니었어. 죽을 만큼 심하게 싸운 걸 왜 기념하지, 기념할 게 그리 없어서 죽고 죽인 걸 기념하나. 이건 개념의 문제가 아니라 인간의 문제였단 걸 잘 몰랐지. 그 어린 나이에 그런 위대한 생각을 했다는 걸 얘기해 봐야 아무도 믿지 않을 테니. 이리저리 시간이 흐르고, 여기저기 공간이 넓어져 수많은 참전 기념비 앞에 서면서도 늘 그랬어. 그놈의 기념, 기념, 기념… 죽여 이긴 것을 기념하라? 죽여 살린 것을 기념하라?

　아무리 세상이 바뀌어도
　그 기념을 절대 잊으면 안 되지
　안 돼, 안 돼 하면서

　나를 압박하지
　참전 기념비 앞에 설 때마다.

푸른 강연료

나는 인문학 강사다
내 강연료는 무지 싸다
어떨 때는 완전 무료다
아니
무료일 때가 훨씬 많다

누구는 천만 원이니
거기다 오백을 더 보태니 하나
난 꼴랑 몇 십만 원이거나 없다
내가 내 강의한테 미안할 정도다
주인 잘못 만나 싸구려 신세 되니

그런데 말이다, 사실
내 강의가 싼 게 아니다
들어 본 사람들은 최고란다
천만 원짜리보다 훨 낫단다
재미와 의미를 다 갖췄단다

그 말 한마디면 된다, 아니
그런 말 듣지 않아도 된다
난 이미 젤 비싼 강연료 받으니
푸른 제복인들의 멋진 기개를
강연하는 내내 흠뻑 돌려받으니.

사랑훈련소

들어오는 발걸음이 달라졌어
맞이하는 마음들도 바뀌었어
대체 무슨 일이 일어난 거지
논산훈련소 이름이 바뀌었대
진즉 육군훈련소인데 엉뚱하기는
아냐 육군훈련소 말고 사랑훈련소래

근데 참 신기한 거 있지
이름 하나 바뀌었을 뿐인데
왜 이렇게 확 달라졌을까
사랑하는 기본자세도 잘 잡아 주고
사랑을 발사하는 방법도 가르쳐 준대
사랑군가, 사랑함성, 사랑총성이 넘친대

나약할 거라는 지레짐작은 아예 버려
그래도 군대인데라는 생각도 확 바꿔
정병육성의 사자후는 더 불을 뿜고
호국간성의 발걸음은 더 늠름하니
충성으로 헌신으로 똘똘 뭉친 젊음은
이 땅에 사랑의 밀알로 심기워질 테니.

내 삶의 순간
-국군간호사관학교 백합문예지 발간에 부쳐

내 자신이 아닌
다른 이들을 위해 살아가겠노라
마음먹은 순간

다른 어떤 이도 아닌
군복 입은 자들을 택하겠노라
다짐한 순간

나이팅게일은
어느새 내 곁으로 날아와
더없이 아름다운 노랠 불렀네

날 위해 살지 말라고 했네
자연에 맡기고, 세상을 안으라 했네
맘과 몸이 아픈 사람들 다 품으라 했네

그 깊은 깨달음의 순간
난 비로소 이 세상에서 다시 태어났네
조국을 위한 고귀한 꿈으로 자랑스레 섰네

함께 손잡고 나아가는 길에서
나 이제 세상을 향해 즐거이 노래하리
순간을 딛고, 영원을 향하여 기꺼이 가리.

적군에게

생전 처음으로 가 본 그곳에 서서 난
생전 처음으로 본 너를 적군이라 했다
너와 나를 이어 준 말도 안 되는 인연은
차라리 만나지 않았으면 좋았을 터였다

그때부터 네게 총을 겨누는 건 정당했고
죽여야겠다는 마음을 품는 건 당연했다
세상에 태어나 누굴 죽여야겠다고 한 게
하필이면 너였고, 네가 정말 처음이었다

나는 너를 잘 모른다, 아무것도 모른다
누구의 아들인지, 또 누군가의 아비인지
널 겨누지 않으면 내가 겨눔을 당하는
비정하고 참혹한 사이가 된 것 밖에는

그렇게 서로에게 총을 겨누다가
우리는 한날, 한시에 같은 땅에 묻혔다
우리의 피로 뒤덮인 이 촉촉한 땅에 누워
그제서야 찬찬히 서로를 살펴본다

내가 먼저 고백하마
너와 나 똑같이 죽었으니 이젠 적이 아니다
죽어서마저 적이라면 같이 누운 이 자리가
넌들 난들 편하겠느냐

너도 죽고, 나도 죽어서야 드디어 풀려났다
남들이 씌워 준 적이라는 굴레에서 벗어났다
이젠 너와 나 모두 어느 어머니의 아들이다
이젠 너와 나 모두 어느 누군가의 별들이다.

16星友會에 부치는 헌시(獻詩)

조국을 향한 오직 한길
군(軍)만을 사랑한 지극한 외길
그 30여 년 인고의 성상(星霜)이
한마음 한뜻으로 열매를 맺어
드디어 큰 별로 하늘에 빛나니
그 이름 자랑스런 16星友會!

83년부터 89년까지
각자 각자가 품은 청운(靑雲)의 꿈들이
오만 촉광(燭光)의 다이아몬드로 탄생한 순간부터
잠 못 이루고, 밤새워 가며
부르튼 발로 누비고, 뜨거운 땀으로 적시어
정예강군(精銳强軍), 선진국군(先進國軍)으로 일궈 낸 오늘까지

아아! 우리는 정녕 그리했노라
피로써 목숨 바친 선열(先烈)들의 뜻을 이었노라
부족함은 있었을지언정 부끄럽진 않았노라
하늘과 바다와 땅에서, 이역만리 해외에서도
한목숨 버리길 주저하지 않았노라
아아! 우리는 그렇게 충정(忠誠)했노라

이제 여기 영광스런 85개의 별들로 빛나
삼천리 방방곡곡 온 산하(山河)를 비추고
위국헌신(爲國獻身) 굳센 다짐과 쉼 없는 열정(熱情)으로
육십만 장병들과 칠천만 동포들을 보듬고 품어
새롭게 쓰고 찬란히 이어 갈 대한 국군의 역사
뜻 모아 이루어 낼
조국 통일의 대업을 이끌어 가리니

새롭게 태어난 별 16星友會여!
그대 나의 자랑이듯 우리의 자랑이어라
그대 모두의 자랑이듯 대한의 자랑이어라
호국(護國)의 선봉(先鋒) 되어 영원토록 빛나거라
조국(祖國)의 수호신(守護神) 되어 길이길이 빛나거라
대한(大韓)을 넘어 세계(世界)로 뻗는
영원한 승리(勝利)의 별이 되어라.

계룡대 벚꽃

해마다 뉴스에서는 벚꽃이 피는 때를
참으로 상세하게 알려 주었습니다
단풍이 어디서부터 물들어 어디로 가는지
시월이 되면 단골로 나오는 소식 같았습니다
여의도 윤중로의 벚꽃과 진해 군항제의 벚꽃은
그 소식을 늘 뒤에서 받쳐 주는 배경이었습니다
그 사이에, 중간에 끼어 있는 벚꽃 있으니
매년 인적 드문 곳에서 피는 계룡대 벚꽃은
여기서도 저기서도 화려하게 주목받지 못합니다
매일 뜀박질하는 애꿎은 군인들 짧은 머리에만
흩날리고, 내려앉고, 성가시게 할 뿐이었습니다
차라리 벚꽃이 아니었으면 좋았을 겁니다
거기 있기엔 너무 찬란하고, 눈부셨기에
거기만 아니라 다른 아무 곳이었더라면
진짜 덜 억울했을 겁니다.

괜찮아, 정말 괜찮아
-진급에 비선된 후배들에게 바침

아프지 않을 거라 수없이 다짐했지만
난 여전히 아프다

괜찮을 거라 되뇌이고 또 되뇌었지만
난 아직 괜찮지 않다

그 얼마나 많은 날들을 바쳤던가
그 얼머나 많은 마음을 졸였던가

뭐 그리 많은 걸 원한 게 아닌데
오르지 못할 나무를 쳐다본 것도 아닌데
조금 더 큰 기회를 얻지 못한 게 아쉬울 뿐

세상엔 온통 축하의 말들이 넘쳐나는데
날 위로하는 소린 어디서 들을 수 있을까
홀로 찾아간 마음의 끝에서 나를 만난다

아파하지마, 아파할 이유가 없어
힘들어하지마, 꼭 이겨 낼 수 있어
온 힘을 다해 나는 나를 위로한다

괜찮아, 정말 괜찮아 그 깊은 위로가
넘어진 땅에서 힘겹게 나를 일으킨다
새롭게 열려질 길 위에 다시 서게 한다.

추운 날엔

추운 날엔
내 마음이 가는 곳이 있다
꽁꽁 싸맨 마음까지 풀어 젖히고
가슴 뜨겁게 달려가는 곳

바람도 얼고, 소리도 얼고
토해 내는 입김마저 얼어붙어
줄줄이 늘어선 투광등의 불빛만이
힘겹게 몸부림치는 전선의 밤

몇 겹의 방한 피복 사이로 보이는
초병들의 눈동자만 생기가 있고
보듬어 주던 나무도 숨을 죽이고
반가워하던 돌멩이도 꼼짝 안 한다
움켜쥔 총들도 추워서 떤다

난 이내
뜨끈한 아랫목 이불을 박찬다
어묵탕을 끓이고, 커피도 타고
건빵 주머니 수북이 초코파이도 넣어
새들도 날지 않는 그 땅 향해 달린다

추운 날엔 내 마음은
아들이 지키는 철책선 긴긴 밤을
같이 지키러 간다
함께 지새려 간다.

밤하늘의 멜로디 내 영혼의 멜로디

최전방 낯선 방에서 설핏 잠들었는데
익숙한 트럼펫 소리 오히려 날 깨운다
부대에서 들려오는 22시 취침 나팔
잊지 못할 그 소리, 밤하늘의 멜로디

유난히도 추웠던, 태릉의 밤하늘을 뚫고 울렸었지
생전 처음 들어 본 그 소리가 유난히도 서러웠었지

나라 위해 왔으니 지쳤어도 쓰러지지 마라
군인 되려고 왔으니 힘들어도 포기하지 마라
하고 싶은 말 잔뜩, 절절한 바람 한가득 담고 담아
눈물로 날 다시 일으켰던 가슴 뜨거운 그 선율

오늘밤 빗소리에 섞여 울리는 밤하늘의 멜로디
젊은 날 시리도록 가슴 저몄던 내 영혼의 멜로디.

뜨거운 베지밀 두 병

칼바람이 부는 몹시도 추운 오늘
밥 먹고 돌아오는 길에 편의점에 들러
온장고 안에서 오래 데워진 베지밀 두 병을 샀다

온종일 후끈거리는 상자 속에 담겨
채 발산하지도 못한 채 열기만 품었던 병은
주머니 속에서 쉴 새 없이 뜨거움을 내뿜었다

집으로 가는 길 중간쯤 초소 앞에는
두꺼운 방한 피복으로 무장한 초병 두 명이
의연한 모습으로 떡하니 버티고 서 있었으니

내가 산 베지밀 두 병은 그들의 것
뜨거운 액체에 더 뜨거운 마음을 담아 건네며
말없이 눈으로 주고받는 사나이들의 情!

살을 에는 바람도 미처 식히지 못한 뜨거움이
조국을 위해 총을 든 아들들의 차가워진 몸 안으로
꿀꺽꿀꺽 소리 내며 흘러 들어갈 때

나도 뜨거웠고
초소를 지키는 그들도 뜨거웠고
온통 얼어붙은 이 세상도 다 뜨거웠다.

누가 이 사람을 모르시나요

-이산가족 상봉을 위해

누가 이 사람을 모르시나요
잔잔한 노래가 가슴을 파고드니
마음은 벌써 무너져 내린다

깊이 감춰 두었던 눈물의 멍울들이
여기저기서 툭툭 터지고
갈라진 가슴 위로 흘러내린다

이 세상 끝까지 가겠노라고
꿈 따라 님 따라 쫓아가겠노라고
강가에서 흘린 눈물로 그렇게 맺혔는데

이 여인을 누가 모르시나요
하늘 아래 버젓이 살아 있는 임을 두고
하염없이 찾아 부르는 그 노래는

알알이 박힌 설움을 터트려
남아 있지 않을 것이라 여겼던 눈물로
비통한 울음으로 넘쳐 흐른다

임아!
지금 내가 흘러내리는 눈물은
누가 그리워서도, 보고 싶어서도 아니다

만나야 할 사람, 꼭 만나야만 될 사람들이
긴 세월 외로이 떨어져 홀로 지냈던
그 말도 안 되는 세월을 지켜 주지 못했음이라

누가 이 사람을 모르시나요
이 밤 한 젊은 가수의 애끊는 그 한 가락이
날 울린다, 꺼이꺼이 목놓아 울게 한다.

모두가 진정한 승자
-한미 친선태권도경연대회에 부쳐

큰 주먹이 허공을 가른다
높은 발이 세상을 박찬다
올바른 정신, 튼튼한 몸이
날랜 모습으로 눈앞에 선다

나는 대한민국의 군인
너는 미합중국의 장병
같이 갑시다, 그 동맹의 정신을
거친 숨소리, 기합에 담아
만천하에 힘차게 드러낸다

우리는 군인 되어 뭉쳤고
무도인으로 겨루었다
이기고 지는 것은 전장과 달라
승리에 겸손하고, 패배에 승복했지
모두가 진정한 승자가 되었지

필승의 정신으로 우뚝 선 모두 앞에
벽돌이 부서지고, 송판이 쪼개진다
내디뎌 뻗는 손과 발의 현란함에
시간이 멈추고, 공간이 열린다
가슴에서 박수가 쏟아져 나온다

선열의 뜨거운 붉은 피로 지킨 땅
태권의 정신으로 면면히 이어 감을
난 그대들의 눈빛에서 똑똑히 본다
난 그대들의 함성으로 확실히 안다.

출정식

완전무장을 한 군인들이
줄지어 서 있다
진한 위장크림에 덮인 얼굴에
형형한 눈빛만 살아 있다
단상에 오른 지휘관
"자신 있나?"
이어지는 우레와 같은 다짐
"네, 자신 있습니다!"
"이상!"
여왕벌과 일벌
여왕개미와 일개미들의 하나된 외침
세상은 이내 적막에 휩싸이고
그 밤은 폭풍전야가 된다.

유월의 그 땅에서 울리는 소리

1
나는 죽어 여기에 누워 있다
아주 오래전부터 지금까지
해와 달이 보호하는 언덕에 잠들었다

나는 홀로 누웠지만 혼자가 아니었다
같은 목적으로 싸웠고, 같은 이유로 죽었던
선후배 동료 전우가 늘 있다, 같은 자리에.

2
나는 죽었지만, 여전히 살아 있다
내가 사랑한 조국의 혼에, 내가 지킨 국민의 마음에
잊히지 않는 숭고한 넋으로 살아남았다

바람이 전하는 향기를 맡으며
비로 스며드는 생기로 씻으며
눈으로 쌓이는 온기를 덮으며
사시사철 느낀다, 내가 살아 있음을.

3
한때 나는 미치도록 억울했다
채 살아 보지도 못하고 갑자기 주검이 되어
아무 말 못하고, 꼼짝도 못해서가 아니었다
부모 형제, 처자식 더 이상 볼 수 없어서도 아니었다

어차피 한목숨, 이래저래 한평생
나라 위해 죽었고 나라 품에 묻혔으니
그건 억울하지 않았다
그게 결코 한스러운 게 아니었다

그날, 그 순간에
홀연히 날아온 총알 한 방 피하지 못해
난 쓰러졌다, 심장에서 뿜어나온 내 피로 이 땅 적시며
조금 더 싸우다, 더 많이 지키다 죽었어야 했는데
허깨비같이 바보처럼 쓰러지고 말았다.

4
난 다시 일어나고 싶었다
참호에 처박힌 총 다시 부여잡고 싶었다
그러나 그뿐, 몸이 말을 듣지 않았다
그저 헐떡인 채, 생의 마지막 말을 허공에 날리며
난 눈을 감지 않았다, 감지 못했다

목숨이 하나 더 있었으면 다시 일어날 수 있었으면
치가 떨리도록 간악한 그 무리를
다 쓸어버릴 수 있었는데, 정말 자신 있었는데
억울했지만, 원통했지만 내 목숨은 하나뿐이었다
이 한목숨밖에 더 바칠 것 없어 그게 한스러웠다

내가 그리 원했던 그 한목숨 붙들고 살아가는 이여!
내게 없는 그 목숨 갖고 사는 이들이여!
그대들은 혹시 아는가
목숨이 하나인 게 왜 억울하고 한스러웠는지
그대들은 잘 살아갈 것인가
소중한 그대 한목숨 나라에 바칠 순간까지.

5
유월의 이 땅 위에 그대들이 서면
나는 늘 말한다
잊지 않고 찾아와 주어 고맙소
내 몫까지 살아 주어 든든하오
내가 지킨 땅 여전히 지켜 주어 눈물나오
나는 늘 뻥 뚫린 가슴으로 외쳐 부른다

그대들이여!
내 억울함 들어주오, 내 한을 풀어 주오
한목숨 더 내게 줄 수 없다면
그대 목숨도 나처럼 바치시오
어느 날 그대의 터전이 위태로울 때
내가 바친 것처럼 그대도 바치시오
그리할 수 있겠소, 그리해 줄 수 있겠소

유월의 그 땅 위에 서면
난 그 소리를 듣는다
텅 빈 가슴으로부터 꽉 차오르는
그 절절한 소리를.

유월의 땅이 전하는 말

1
강이 굽이친다, 길이 열린다
막아선 산들을 이리저리 휘감아
하나의 터전이 된다
소싯적부터 그대로였던 땅
그 속에 담긴 수많은 희로애락을
그냥 그대로 그저 말없이
삼키고 소화시켜 살아 내던 곳

적들은 소리 없이 닥쳤다
산을 뚫고 길을 달려
산하를 가르고 사지를 찢었다
차마 눈 뜨고 내줄 수 없었기에
피범벅 몸뚱아리에 총알을 받아 냈다
할아버지, 할머니, 아저씨, 아줌마는
그들의 땅에 그렇게 그들의 피를 뿌렸다
아무 이유가 없었지 아무 잘못도 없었네
그저 내 새끼 살리기 위해, 내 땅 지키기 위해

난 전쟁이 뭔지 모른다오
충성이란 말은 들어 본 적도 없소
이보시오! 왜 와서 생사람 잡소
난 내 새끼들과 밭 매고 모 심으며

촌 무지렁이로 산 거밖에는 없소
내가 뭘 그리 잘못했소, 내가 무슨 죽을 죄를 지었소
겁에 질린 아버지는 그날 다락문 틈으로
죽어 가며 외치는 할아버지 할머니를 보았다.

2
울음은 이내 환청이 되고
잔상은 그대로 환영이 되었다
일평생 그 속에서 할머니가 남긴 그 마지막 말을
아버지는 우는 날이면 꺼이꺼이 토해 냈다
전쟁이 뭔지 모른다오
충성이란 말은 들어 본 적도 없소

땅이 내려다보이는 곳에 서서
난 땅이 토해 내는 말을 듣는다
말들은 서로 뒤엉켜 끊임없이 솟구친다
걷잡을 수 없다, 감당이 안 된다
저기 저 산들이 품고 있는 그 수많은 말들을
이제 어이할꼬 어찌 다 들어줄꼬
이 산하는 아직도 다 토해 내지 못한 채
시도 때도 없는 울음이 섞여 목메인다.

3
할아버지 할머니 그만하세요
이제 말 안 해도 다 아니 정말 그만하세요
그러다 잠은 언제 드시려고 그러세요
아버지 어머니도 그만 내려놓으세요
이제 됐으니 할아버지 할머니 그만 놓아 드리세요
나는 안다
다 토해 내지 않아도
땅속에 박히고 물속에 잠긴 채
천년 만년 이 산하와 같이 가리라는 것을

이 아들 잊지 않겠어요
할머니가 남기신 전쟁을 절대 잊지 않겠어요
할머니가 토해 내신 충성의 길 가겠어요
광란의 무리, 흉포한 짓거리
두 번 다시 겪지 않도록 하겠어요
그리고
할아버지 할머니, 아버지와 어머니가
칠십 평생 담아 오신 이 땅의 소리를
이젠 제 아들에게, 딸에게 그대로 전하겠어요
제가 지키겠어요, 잘 지킬 수 있어요
저는 전쟁이 뭔지도, 충성이 무슨 말인지도 아니까요

이 땅도 지켜 내고 제 아들딸들도 지켜 내겠어요
나도 가슴으로 울며 다짐한다.

4
아버지 어머니!
오늘 이 아들이 떠가는 곳엔
그 시절 그 산하가 그대로 있습니다
길이 열리고 집들이 들어섰습니다
피가 파묻힌 자리에, 울음이 포개진 땅에
옹기종기 모여 살아갑니다
저는 굽이치는 그 산하를 봅니다
더 이상 말 안 해도 저는 압니다
요동치는 심장으로 떨며 받아 냅니다

할아버지 할머니께서 지켜 내신
이 땅이 전하는 말을
아버지 어머니께서 한평생 담아 오신
유월의 말을.

'님'에게 바치는 꽃의 언어들

-김인수 장군 호국시집

이 호(문학평론가)

    김인수 장군의 호국시집 「당신 앞에 꽃 한 송이 놓습니다」의 해설을 맡게 됐을 때 적지 않게 난감했다. '호국시집'이라는 단어 때문이었던 것 같다. 나라(국가와 민족)를 지키고 위한다는 뜻의 '호국'(護國)과 그동안 알고 지내온 '시'(詩)라는 말의 결합이 낯설게 들려왔고, 그러한 연결이 과연 가능한 것인지 의문을 품고 있었기 때문이기도 했다.

    일평생을 개인적 이기주의자로 살아온 탓이겠지만, 국가란 '이데올로기 국가장치ISA'(알뛰세르)일 뿐이고, 민족이란 '상상의 공동체'(베네딕트 앤더슨)라고 배웠다. 특정 기념일에, 기념식에 가서 듣거나 보았던 호국시란 그 자리와 그 시간에 어울리는 내용을 시라는 형식(행갈이와 연갈이가 있을 뿐인 형식)에 늘어놓은, 시적 에스프리를 발견하기 어려운 알리바이적 언사들일 뿐인 경우가 많았기 때문이었을 것이다.

그리하여 며칠 동안 여기 모인 시들을 읽으면서, 시에 대해 근본적으로 되돌아보게 되었다. 시란 도대체 무엇이며, '호국시 쓰기'라는 게 가능한 것인가. 그 결과 호국과 시가 하나로 갊아드는 것은 가능할 뿐만 아니라, 그런 식의 결합이 불가능하리라고 생각하는 것 자체가 편협한 장르적·관습적 사고에 불과하다는 생각에 도달했다.

파블로 네루다와 시골 우체부의 이야기를 그린 영화 〈일 포스티노〉가 떠오른다. 어떤 여자에게 사랑을 느낀 우체부가 네루다의 시구를 인용하자 네루다는 화를 내며 "그것은 내 시야."라고 고함을 친다. 하지만 우체부는 일침을 날린다. "시란 그 시를 쓴 사람의 것이 아니라 그 시를 필요로 하는 사람의 것이에요." 맞는 말이다. 고쳐 말하자면 시란 그것을 쓰는 사람의 것이요, 그것을 사랑하는 사람의 것, 읽는 사람의 것이리라. 문학이론(텍스트 이론이나 독자수용 이론)으로도 맞는 말이다. 남의 것을 가져다가 자기 것인 양 속이는 것(표절)만 아니라면 말이다.

그렇지 않은가. 시라는 세계에는 입장이 불가능한 그런 구역이 있을 수도 없고, 있어서도 안 된다. 스스로가 입장을 하지 '않는/못하는' 형국은 있을지언정, 시의 세계는 누구에게나 열려 있고, 누구나 쓸 수 있고, 누구나 읽을 수 있는 그런 세계일 것이다. 중요한 것은 시의 언어가 어디서 발원하여 왜, 어디로 향해 가는가일 것이지, 호국시 자체를 폄하하는 일은 또 하나의 고정관념일 뿐이다.

시란 말의 절제와 압축, 리듬과 이미지, 은유와 상징, 언어의 조탁을 기본으로 한다고 배웠다. 그것이 틀린 개념적 정의는 아닐 것이다. 하지만 그것은 시인 각자가 자신의 시 세계 속에서 절차탁마로 연습해 나가야 하는 덕목이지, 시의 강역(疆域)으로의 입장을 원천 금지하는 문지기일 수 없음은 물론이다.(그 문지기가 카프카의 문지기일 수도 있기 때문에 사태는 단순하지 않지만) 그래서 오직 시 속에 담겨 있는 언표들을 살펴보아야지 콘텍스트에 사로잡혀선 안 된다(콘텍스트가 텍스트를 결정하는 경우가 많기는 하지만)는 것을 다시 생각하게 된다.

우리는 각자의 우주 속에서 산다. 남의 우주를 상상하거나 (탐험하기는커녕) 구경조차 시도할 능력을 상실하고 있는 이런 시대에 평생 군복을 입고, 군이라는 유니버스 안에서 살아온 사람의 시를 읽는 일은 각별한 조심스러움이 요구되지만, 시집을 먼저 읽은 독자의 한 사람으로서 여기 모인 시들을 다시 한 번 읽어 보며 이 시집의 의미와 특징을 생각해 보려 한다.

호국시집 「당신 앞에 꽃 한 송이 놓습니다」에서 가장 많이 눈에 띄는 시들은 여러 기념일을 맞이하여 이런저런 생각들을 표현한 시다. 군대 조직도 하나의 사회이며, 무엇보다 위계질서가 분명한 집단으로서 자신들만의 독특한 문화를 가지고 있으며, 의식(儀式)을 수행한다. 이 시집에는 그런 자리에 모인 사람들을 대표하여 그 자리에서 해야 할 생각과 말을 대신해 주는 시들이 빈번하게 많이 모여 있다. 그동안 그러한 자리에 소용되었을 작품들을 모아 놓았기 때문이기도 할 것이다. 이를테면 〈유학산에 핀 꽃〉, 〈부끄러운 마음을 열며〉, 〈국군의 날을 축하하며〉, 〈평화의 시작〉, 〈그들을

조국의 품으로〉, 〈내 삶의 순간〉 같은 시들로 주로 '~에 부치는'
시들이다. 아마 제목에 '유월'이 들어가는, 유월 시리즈들이 여기
에 속할 것이다.

유월에 나는
그 누구든 잊어서는 안 될 이름들을 기억할 것이다
내가 누리고 있는 모든 것들이 그냥 주어진 게 아니니
_〈유월에 나는〉 부분(강조 인용자)

나는 유월의 많은 걸 좋아하지 않지만
그래도 유월이 오는 걸 늘 기다린다
기억해야 할 게 유독 많기 때문이다
이어받을 유산 잔뜩 넘치기 때문이다
유월이 남겨 준 혼, 유월과 함께할 숙명….
_〈유월에 고백함〉 부분(강조 인용자)

우리는 잘 모릅니다
알고 있어도 잊어버립니다
내가 즐겁게 밥 먹는 시각에
내가 흥겹게 술 한잔하는 시간 중에도
이름 없는 산곡에서 나라를 지키는 사람이 있다는 것을
(…중략…)
우리는 지금, 이 순간에도
그렇게 얼굴도 모르고, 이름도 모르는
누군가의 희생으로 사는 겁니다
_〈나라를 지킨다는 건〉 부분(강조 인용자)

'기념'이란 무엇인가. 그것의 핵심 본질은 '기억'일 것이다. 잊지 않는다는 것, 잊지 않고 있다는 것으로서의 기억. 그렇다면 무엇을 기억하는가. 지나가서 지금은 없는 것, 지금은 없는 사람에 대한 기억이다. 사라진 시간과 사람들에 대한 기억, 그들 행동의 동기와 그 의미에 대한 상기가 여기서 언급되고 있는 기억이다. 이럴 때의 기억하고자 하는 마음은 그때 있었던 사람들과 그들의 행위를 기억하는 것, 그때 그곳을 오늘 지금 여기서 되불러 현전시키고자 하는 숭고하고 거룩한 행동일 것이다.

기억을 공식화(公式化)하는 기념은 지나가 버려 없는 것을 지금 여기에 충만하게 재현전시키는 일일 것인데, 그것이 쉬운 일은 결코 아니다. 더구나 그 기억이 공동의 기억(역사)이기는 하지만 자신이 직접 보거나 겪은 일이 아닐 때, 그것은 시간이 흐르면서 먼 과거의 일, 나와 상관이 없는 일이 될 뿐이다. 설혹 그 과거의 기억에 감응을 하고자 해도, 오늘 여기의 나와 그것을 연결시킬 수 있는 능력이 부족하게 되면 그 기억은 강요된 의례적인 기억 행위(기념식)가 될 뿐이다.

그렇다면 여기에 쓰여진 많은 기념시들은 그러한 망각과 몰인식에 저항하고자 하는 기억 행위로서의 언술이 되는 것이며, 잊혀져 가는 사람들을 기념하기 위해 바치는 한 송이의 꽃과 같은 언어들이라고 말해도 될 것이다. 이곳에 모인 여러 기념시들은 그렇게 집단의 기억을 소환해 내고, 사라져 간 이들의 넋을 기리고 기념하는 숭고한 위령 행위인 바 그것을 기억의 윤리라고 불러봄직도 하리라. 기념하기 위한 기억으로서의 시쓰기.

이러한 기억의 윤리는 자연스럽게 또 다른 곳으로 이어져 있는데 그것은 '타인에 대한 상상력'이라고 부름직한 것들이다. 이 시집을 보면서 조금은 놀라게 되는 것은 군에 사병으로서 입대하는 사람들, 그의 가족들의 심경을 헤아리면서 쓴 시들이 많다는 데 있다. 더불어 군에서 자신을 희생하고 헌신하면서 지내는 사람들의 입장과 처지를 헤아리는 시편들이 자주 눈에 띈다. 군대라는 결코 쉽지 않은 터전에서 지내는 사람들을 자기의 가족으로 여기기도 하고, 그들의 입장과 처지를 잊지 않으려는 시적 화자의 모습이 자주 발견된다. 그것은 다른 이들의 마음을 세심하게 상상할 수 있는 따뜻함과 배려심이 있어야만 가능한 상상력의 언어들이다.

〈연무역에서〉, 〈어떤, 군대 가는 날〉, 〈아들을 군에 보내며〉, 〈명절 밤, 최전방 철책선 병사들을 생각하며〉와 같은 시편들이 그런 것들이리라.

내 아들들이 간다
대한민국 육군을 향해 나아간다
(…중략…)
조국의 아들들이 간다
내 할아버지, 아버지의
뜨거운 피와 땀, 눈물이 서려 있는
조국 산하로 거침없이 나아간다
(…중략…)
연무역에서

오늘도 나는
마음 뿌듯한 아비가 된다
이 세상에서 가장 행복한 군인이 된다.

_〈연무역에서〉 부분

국방의 의무를 수행하기 위해 입대하는 사람들과 그들을 보내는 사람들의 착잡한 심경은 겪어 본 사람들은 알 터인데, 그런 그들을 위로하고 격려하는 마음이 있어야만 쓸 수 있는 언어들이다. 앞서 언급한 조국을 위해 숨져 간 넋들과 그들의 가족들의 아픔을 기억하는 시들은 이제 현재 자신과 동시간대에 놓여 있는 사람들에 대한 상상력으로도 이어지는 것이다. 명절이 되어 모두들 고향으로 가 훈훈한 정을 나누는 그 시각, 최전방 철책선에서 지낼 사람들에 대한 생각.

추석 명절
철책선의 밤이 그렇게 깊어 간다

세상은 그들을 잘 알지 못한다
부모 형제, 친구들도 잠시 잊는다
여기가 어딘지, 여기서 무얼 하는지
알지 못하고, 알 수도 없다
아무도 모르고, 아무도 오지 못하는 최전방이니까
하지만 우리는 안다, 지금은
나의 명절이 없어야 부모 형제의 명절이 있고
우리의 명절을 잊어야 국민의 명절이 온전함을

_〈명절 밤, 최전방 철책선 병사들을 생각하며〉 부분

이러한 마음은 〈그대! 지금 감사하라〉나 〈괜찮아, 정말 괜찮아〉 등의 시에서는 진급에 비선된 동료들이나 후배들을 격려하고 위로하는 곳까지 미치기도 하며 "고귀한 생명을 숫자로 말하는 참담함이여/어마어마한 덩어리에 갇힌 하나의 숫자여//전쟁은 고귀한 생명을 단지 숫자로 말한다"(〈전쟁, 생명, 숫자〉)와 같이 희생자들을 숫자와 통계로 환산하는 형국을 한탄하기도 한다. 이러한 언표들이 곳곳에서 나타나고 있어 이 시를 쓴 사람이 얼마나 섬세하게 다른 이들을 헤아리고 있는지 짐작하게 한다. 심지어 이러한 마음은 전장터에서 숨져 간 적군에게까지 미치고 있어 흥미를 자아낸다.

> 내가 먼저 고백하마
> 너와 나 똑같이 죽었으니 이젠 적이 아니다
> 죽어서마저 적이라면 같이 누운 이 자리가
> 넌들 난들 편하겠느냐
>
> 너도 죽고, 나도 죽어서야 드디어 풀려났다
> 남들이 씌워 준 적이라는 굴레에서 벗어났다
> 이젠 너와 나 모두 어느 어머니의 아들이다
> 이젠 너와 나 모두 어느 누군가의 별들이다.
>
> _〈적군에게〉 부분

살아 있을 때는 총부리를 맞대고 서로를 쏘아 죽여야 하지만, 죽음의 강을 건넌 사람들은 이제 적이 아니라 함께 죽어 나란히 누운 사이가 되는 것이다. 적대적 타자의 일종인 적군도 죽은 다음에는 미워할 필요가 없다는 생각은 죽은 다음에 가능한 것인 바, 이들 둘을 묶어 주는 공통성은 바로 죽음이다. 군인이란 유사시에 ^(제한적이긴 하지만) 적을 죽일 수 있는 살인면허를 소유한 사람들이며, 군인의 최고 영광은 목숨으로 다른 사람을 살리는 일을 직이나 업으로 가지고 있는 사람들이다. 그러므로 군인에게는 늘 죽음의 냄새가 난다. 그러나 그 죽음은 살인자의 것이 아니라 활인과 멸사봉공의 헌신적 희생의 죽음이다.

이 시집에서도 그렇다. 다른 이들의 죽음을 기억하고 기리는 행위 역시도 그들의 부재와 죽음 앞에서 일어나는 것이며, 자신들의 현존재적 사실성 역시 적과의 충돌을 예비하고 대비하는 곳에 있음을 한시도 잊지 않고 있음을 우리는 곳곳에서 발견하게 된다. 자기가 누구인지, 자신이 무엇을 위해 여기에 있는지 잊지 않고 있는 것은 이런 혼돈스러운 세상에서 대단한 미덕이 아닐 수 없다.

숨져 간 넋들이나 국가에 헌신하며 고생하는 사람들을 헤아리는 언어들을 형식적인 위로의 제스처이거나 걱정해 주는 포즈의 언어들이라고 의심할 수도 있을 것이다. 그러나 결코 그렇지 않을 것이라 확신해도 좋다. 왜냐하면 이 시집 전체를 감싸고 도는 기저의 목소리 때문이다. 이 시집의 언어들을 태어나게 하고, 감싸고 도는 하나의 기본 정조가 있는데 그것은 바로 '미안함'이다.

'부끄러움'을 자신의 기본 정조로 했던 시인을 우리는 알고 있다. 그는 '죽는 날까지 하늘을 우러러 부끄러움이 없기를' 바랐지만, '시가 쉽게 씌어지는 것'조차 부끄러워했다. 그는 무엇이 그토록 부끄러웠던 것일까. 민족이, 많은 이들이 고통받고 있는 암흑의 시대에 살아남아 시를 읊조리는 자신이 혹시 부끄러웠던 것은 아닐까? 그리고 그 부끄러움이야말로 시인의 갈등이자 양심이고 윤리였다는 것을 우리는 배우게 된다. 마치 그 시인의 경우처럼 우리는 이 시집의 기본 정서라 할 수 있는 '미안함'을 발견하게 되는 것이다. 물론 흥미롭게도 '미안해'라고 직접적으로 말하는 구절은 잘 발견되지 않는다. "그 같은 자리에 눕지 못했던 미안함에"라는 구절만이 발견될 뿐이다. 원래 진짜로 미안하면 미안하다는 말을 하기가 힘든 것과 같은 이치이기 때문이다.

그렇다면 묻게 된다. 시적 화자는 무엇이 그렇게 미안할까? 왜 미안한가, 누구에게 미안한가. 시를 토대로 살펴보자면 나라와 국가를 위해 자신의 하나뿐인 목숨을 바쳐 죽어 간 사람들, 오늘 지금 여기에서 우리의 안위를 위해 자신의 몸과 시간을 바쳐 헌신하고 있는 사람들에 대한 미안함이다.

그렇다면 그 미안함은 살아 있는 것이 미안하기 때문은 아닐까. 숨져 간 모든 사람들을 기억하고 애도하게 하는 것들도 모두 그들은 사라졌는데 화자는 살아 있기 때문일 가능성이 크다. 그렇다면 이상한 일 아닌가? 무릇 생명(生命)이란 살라고 명을 받은 존재(者)이며, 산 사람이 살아 있는 것이 미안할 일은 아니다. 이유는 시인이 바로 '군인'이기 때문일 것이다. 주지하다시피 군인이란 전쟁터에 나가 목숨을 건 싸움을 수행하도록 부름받은 사람들(혹은 그것을 스스로 선택한 사람들)을 일컫는다. 따라서 이상한 역설이 발생한다. 군인인데 죽지 않고 살아 있다면, 적어도 그는 최고

134

의 충성을 바친 사람은 아닌 것이다. 더군다나 목숨을 바침으로써 죽어 간 사람들 앞에서는 살아 있음이 미안하게 느껴질 수도 있다.

군인으로서의 최고의 충성은 전쟁터에서 자신의 목숨을 바칠 때 자신의 충정과 자신의 존재값이 증명될 터인데, 지금은 적어도 총알과 포탄을 전면적으로 주고받는 전쟁은 없으므로 죽을 수는 없다. 그래서 미안한 것이다. 죽음으로 자신 최고의 충정을 바치지 못해 미안한 사람, 살아 있는 것이 미안한 사람. 그런 시적 화자에게는 오월의 신록조차 군인의 옷으로 보인다. "온통 세상을 덮고 있는 푸름은 매일 내가 입고 있는 제복이다//살아 입고 죽어 덮을 군복이다"《신록》라거나 "그해 유월은/왜 그리 모질기만 했는지/사는 건 왜 그리 어렵고/죽는 게 차라리 쉬웠는지"《그들의 유월 이야기》로 나타나기도 한다.

따라서 우리는 이러한 시적 화자를 일컬어 '타고난 군인-시인'이라고 불러도 무방하리라. 그것은 아마도 오랜 시간 군대에서 충성과 헌신을 배워 온 사람이기 때문에 생겨난 습관일 것이다. 그런 충과 용이 감사나 희망, 사랑과 같은 따스함과 섬세함의 마음과 결합하는 것을 이 시집은 고스란히 보여 주고 있다. 그리고 이 시집과 여기에 모인 시들은 그가 미안해하는 모든 사람에게 드려지는 헌시이다.

당신 앞에 꽃 한 송이 놓습니다. 그것은 우리보다 먼저 사라져 간 모든 이들에게 바치는 헌화가이자, 동시대에 고통받고 있는 이들에게 보내는 위로의 꽃송이다. 시를 쓴 사람이 노인도 아니고, 우리가 수로부인인 것은 더더욱 아니지만, 누군가가 꺾어다 바쳤던 그 마음과 그 행위가 고대시 가운데 남아 오늘날까지 전해지듯, 김인수 장군이 바치는 그 마음과 언술 행위는 우리 곁에 조심스레 놓여져 있음을 확인할 수 있을 것이다. 이제 그 꽃을 받든 말든 그것은 당신의 마음이다. 어떻게 받아들이는가 역시 우리의 자유이다. 하지만 기억해야 할 것이 한 가지 있는데, 우리 모두는 다른 누군가의 희생과 헌신을 발딛고 서서 여기에 이르렀다는 냉엄한 사실이다. 그렇게 우리는 오늘 여기 '망각과 기억 사이'에서 김인수 장군의 호국시집 한 권을 받아들기에 이르렀다.